U0622696

作家出版社 & 悬疑世界（上海浩林文化传播有限公司）

命运有无限种可能

女药剂师

〔德〕英格丽特·诺尔 著

沈锡良 译

作家出版社

目录

1

除了那句家庭格言"有钱的人不谈钱"和一种说不清道不明的自高自大之外，母亲并没有从她的家族继承到什么遗产。她在我父亲面前基本上显得谦卑恭顺，只在他不在家时才偶尔发发脾气充当伟大的女霸王角色。这一点直到父亲没有任何明显的原因便发誓抛弃对所有荤菜的兴趣，成了素食主义者，并且像传教士一样对他的家人产生影响时，我们小孩子才明白过来。不过出于对我们生长发育的关心和同情，他允许我们周日吃点儿里昂香肠，来上一只鸡蛋，或者在番茄酱里加上一些碎肉末。

每天下午四点，当其他家庭主妇们给自己煮上一杯咖啡时，我们矮胖的母亲会为自己、我和我哥准备好名副其实的肉宴。这是唯一体现哥们儿义气的事，人家可能会在背后议论她，是她勾起了我们这种丑恶的欲望。

我们必须在父亲回家之前把所有和肉有关的东西清除干

净，好比要把尸体清除得一干二净一样。不管是骨头、肉皮、肥肉，还是气味或者油腻的盘子，都不允许为我们悄悄的罪行留下物证。我们的牙齿必须刷净，垃圾必须清空，厨房里必须喷上有着橙汁芳香的喷雾液，让其恢复到没有任何犯罪前科的状态。

不过我其实还是父亲的乖女儿，为自己吃下荤菜的不诚实行为感到深深的自责。要不是他的转变在我童年时代那次巨大的心灵创伤前一年发生的话，我肯定要把这件事归罪到自己头上了。

父亲也喜欢那些涉及金钱方面的格言。我们早就知道"金钱没铜臭味""金钱不会在马路边找到"以及"金钱万能，但并不带来幸福"之类的话。不过他大多在喃喃自语："钱不是问题。"他根据自己的喜好把钱花掉：我哥十一岁那年想学钢琴，他二话不说就买了架音乐会用的三角大钢琴，它至今依然摆放在父母家的客厅里，可惜我哥只在那上面胡乱敲击了八个月。另外，父亲坚持要我省下零花钱来购买三角尺、荧光笔、发夹和网球鞋。母亲就算不知道她老公究竟赚多少钱，但估摸他应该是属于高收入者。因为钱在我们家里不是问题，所以她偶尔要转弯抹角地表达自己的要求。我拿到高中毕业证书的时候，父亲又送了我一辆小轿车，这原本是我哥希望得到的礼物。

我很早就懂得，父母的爱可以用自己的成绩换来。父母为我优异的学业成绩、我的勤奋以及我作为家庭主妇的最初成就感到自豪。

我珍藏着一些照片，照片上我在做园丁活儿，小小的脑袋上戴着草帽，手里拿着浇水壶。父亲也有意把我培养成厨师，我系上一条大格子图案的围裙娇态十足地用牙膏装饰各种不同的沙箱大蛋糕，最后但并非最不重要的是，他还想把我培养成护士。我的小床上四处堆放着所有的玩具娃娃和玩具狗熊，我用卫生纸做成的巨大绷带将它们缺胳膊断腿的肢体缠绕起来。有些玩具上有了丝丝斑痕，我用红粉笔在它们的脸上加了点点。我记得有过一次唯一的经历，这种护士综合征竟然导致父母起了争执，因为我充满激情地对一只并非刚死去的鼹鼠进行口对口人工呼吸。

当时我还自以为是家里的宠儿：一个勤勉可爱的姑娘，乐意戴上自己的小头巾。就是上学之后，我也同样满足家人所有的期盼：一个爱学习的好学生，后来尤其在自然科学方面显示出才华。十岁时，我采集植物，压制它们做成植物标本，这些东西我至今还收藏着。我身上的一切和我的全部家产必须干干净净、整理妥当，我的房间被我收拾得一尘不染，我按照自己的原型寻找和我玩耍的女伙伴，我必须从卫生角度让养殖在地下室里的蚯蚓和储存的苹果保持隔离。

到了中学，我孜孜不倦地学习却绝没有得到同学们的赞赏。我用一把直尺和黄色荧光笔把教科书上面的重要句子认认真真地画出来，可这样一种一丝不苟的学习态度却被视为滑稽可笑：他们说这是个人追求虚荣的表现。我想尽力和女同学保持友谊，可还是失败了。老师们不断地赞美我，其后果只能使我的处境变得更加恶劣。

我十二岁的时候，学校里出了件大事。有一次课间休息，女老师离开教室，我也赶紧奔向厕所，每次心情烦躁时我上厕所的频率就会加大。随后我想回到教室里，可门却再也打不开了。至少有十多个人从里面顶住门，我从外面可以听到那种轻轻的窃窃私语声和暗笑声。实际上我并没有特别迅速地陷入混乱之中，可那是在一月，是一个阴沉沉的日子，整个上午我都感觉受不了了，此刻我的眼泪禁不住地往下流。我用尽全力扑向这扇灰油漆粉刷的已被抓出抓痕的木门，正是它将我和所有其他同学分隔开。再过几分钟就要上课了，我恐怕只能眼睁睁地等着上课铃声响起，而所有的同学都会在女老师进来时面带无辜的表情回到自己的座位上。可我把上课迟到的事看得过于严重，结果拼着命来了一次助跑，因而注定了惨剧的发生。

门松动了，好像谁也没有堵住它一样，我像一颗子弹一样"嗖"的一声从门槛上冲过去。我同时还感觉到那只黄铜把手在我的手里发出沉重的碰撞声，随后我就跌倒在绿色的亚麻油地毡地板上，几乎与此同时，女老师进来了。我的敌人们仿佛鬼火一般飞向自己的座位。

老师当然向我发问了。我什么也没说，人们肯定永远不会原谅告密者。教室里马上又变得安静起来，可一个男同学不见了踪影。"阿克塞尔出去没回来。"我的女邻座说。老师派了一名侦察员同学出去寻找，可他一无所获地回来了。老师这下也急了，亲自跑到外面的走廊上，叫喊着，甚至还进了男厕所，尽了自己应尽的监管责任。最后，有一个同学说，阿克塞尔可能回家去了，因为他担心我会告他的状。因为他总是有理由旷课，这一点似乎是可信的。

四小时后，他被找到了。尸检时发现，我使劲用力时门把手撞到了他的头颅。不幸的是，当所有其他人突然放开门时，他刚好透过钥匙孔向外窥探。阿克塞尔可能担心自己受到惩罚，跑进了放置地图的储藏室，因为头疼发作而失去了知觉。他死于脑溢血。

　　后来警方到现场调查，我对此已毫无印象。当或多或少的匿名纸条开始出现在我座位上时，父母设法让我转学了。那些皱巴巴的黄色线格的纸条上写着"凶手"两字。

　　父亲偶尔会长久地注视我，眼里满是泪水和无尽的疲惫。

　　有人把我从学校里接走，又把我塞进一所女中，那是由罗马天主教乌尔苏拉修女会领导的学校，我在那里表现出入乡随俗和乖学生的模样。别显山露水，这是我的座右铭。此外，学校里也没有发生对我有敌意的事情；阿克塞尔谋杀案并没有被传得沸沸扬扬，因为我的新学校位于另一个镇上。我很满意自己被视为有点儿无聊的模范学生。只有到了十六岁那年，这种状况才有所改变，我的心中开始萌生对男性的某种朦朦胧胧的渴望。

　　我待在这里，并且无法出去，现在每每想到这一点，就会日夜折磨我。

　　人在医院里是很少得到安静的，即便花了头等追加保险，却违反我的意愿地躺在双人间里。我在这里看不到任何理智一点儿的读物。护理人员没完没了地打扰，持续不断地测量体温，吞服药丸，缺乏其他感性享受方面的欢乐，等待难吃的饭菜，多多少少不情愿地被陌生来客偷听——所有这一切将日子压制成一件僵硬的紧身胸衣。我们很早就关灯了。我就像那个一连讲了一千零一夜故事的舍赫拉查达那样，一直讲述我一生中那些特别的故事。相反，我的邻床海尔特夫人却不愿透露任何私密性的话题。对这样一个老处女，我也没指望她有什么激动人心的情爱生活或是正儿八经的风流韵事。她躺在这家海德堡的妇科医院里，她的子宫之前刚被切除。她说自己得的只是子宫肌瘤，是一种良性肿瘤，只是给人带来病痛云云。我想她得的是癌症吧。

真不错，鲍威尔给我带来了影集。我常常盯着这些影集看，这才是真正可看的东西。偶尔我甚至还给我的邻床看一些照片。海尔特今年五十八岁，头发染成了淡蓝色，和我形成了强烈的反差。她的来客中几乎只有一个女人比她还要更老，那人主要谈论的是她家的狗和自己在医院里的种种经历。鲍威尔坐在我的床头时，海尔特夫人看他的眼神并不是没有一丝兴趣的。我们轻声聊天的时候，她假装在睡觉，可我相信她在偷听我们的讲话，就像她和来客说话时我也会偷听一样。

我的这位女邻居刚刚知道昆虫的外呼吸孔可以致人死命，这种常识我在十二岁的时候就有了。她满怀不加掩饰的好奇倾听着。

或许我和这个陌生女子讲述我的故事，是因为对我来说这就是一种疗法，但和那种著名的诊疗椅不同的是，这种疗法不花一分钱。至少我发觉，它可以帮助我在我们病房阴森森的黄昏里，就像对着一个听取忏悔的神父那样，对着一个恐怕我以后再也见不到的陌生女人透露我的经历。

我很想跟她用亲昵的"你"相称，但因为我比她年轻，我是无权去这么做的。为了带个头，我向她提议过，她可以直接叫我"赫拉"。可她拒绝了。如果一个女人连对自己所谓的朋友都称呼"罗默尔太太"，你还能指望她什么呢？

"如果您十六岁的话，默尔曼太太，那我们可以这么称呼……"

我气呼呼地回应道："无论如何您完全可以做我妈妈了。"

我这下触痛她的神经了，从她的眼镜镜片后面射出了愤怒的火焰。但尽管如此，我们彼此还是相安无事。这个女人像一名战士那样忍受苦痛，却为失去自己的子宫而哀叹，我觉得这事挺滑稽可笑的。毕竟她一把年纪了，这种被切除的器官就像甲状腺肿那样纯属多余。

有时候，她去上厕所时，我会打量她放在床头柜抽屉里和橱里的随身衣物：虽然从医疗保险公司的信件上可以看到她的出生日期、她的公民身份（单身）以及她的名字（罗塞玛丽），但我没看到她的私人信件，也没看到她的任何照片。她把首饰和钱都寄存到保险柜了，那是她亲口对我说的，说是将贵重物品不加看管地存放在房间里是草率行为。想必她并不穷，否则不可能给自己买上一份头等的追加保险。她的香水、睡衣以及家常穿的大衣也很昂贵，而且非常正宗。

前不久，我讲到自己做年轻姑娘时如何过着一种双重生活。我虽然在黑暗中无法看到她的脸，但相信她的面相一定是怪怪的。

我喜欢那些看起来比我更坏的男人，我那些不合时宜的艳遇虽然瞒过了学校的女老师和女同学，却瞒不过我的家人。他们为此感到震惊不已。或许那段日子里我伤透了父亲的心。他那无辜的金发孩子整天价和那些歪瓜裂枣厮混在一起，那些人是永远入不了他的法眼的。最不幸的是，这一切也并没有随着青春期的到来而渐渐好转。正如以前我拧断玩具娃娃的腿脚，只是为了重新将它们缝合起来一样，我后来寻找心灵有病的人，也只是为了医治他们的疾病。当我强大到足以解决外来的问题时，它也帮助我摆脱了我自身的问题。

在小时候的照片里，我有一张非常清醒的脸，可以说那是一张滑稽可笑的脸。我的棕色眼睛将一切清清楚楚地记录在册。我试图往照片深处看个究竟——从那时的照片里可以看到我这种从溺爱和抚爱中获得爱的要求了吗？这种非常女性化的需求，通常发生在小孩身上，但也可以在园丁身上、烹饪以及护理方面得到尽情享受，在我这里主要是寻找男性牺牲者。在那段时间，我的父母真想给我临时雇个保姆，或者应该给我买上一匹马来。可他们在乎的是我的学习成绩。

起先我完全没有意识到，那些我行我素者、病人和神经机能病患者竟然像磁铁一样吸引我的视线。早在读中学时，我有个男友，他吸食海洛因，希望我能挽救他。那段时间，我吃很多巧克力，和我这个爱哭的男友彻夜长谈，偷我父母的钱、烟和酒。要不是他锒铛入狱，恐怕我今天还要督促他戒毒。因为当时我的心就像金子一样纯。

接下来的那个人是一名失业海员。在我的情感经历中自然也不缺乏神情沮丧者、慢性病人、从死神里抢救回来的自杀者以及胸部文上猛兽的刑满释放人员。

我作为药剂师的职业也充实了我的收藏：我不顾所有的规章制度的规定，不仅为一个受到病痛折磨、每晚需要药物的人打开了那个配药窗口，而且也为他打开了那扇门。

为了一劳永逸地澄清自己在这些悲剧中的角色，我重新开始了治疗，可总是一再中断这种治疗。因为治疗我的被保护人花去了我全部的时间。即使没有治疗大夫我也很清楚，虽然从外表看自己很乖，我其实是被中产阶级社会之外的一切吸引住了。

我害怕内心的堕落。我偶尔梦见自己被情人谋杀，死去时连一个孩子都没有生下。我醒来后感觉自己毫无价值可言，因为没有做过母亲的人生我觉得是白白虚度了。哪怕拥有再多的聪明才智，我始终知道自己的动物本能部分同样至关重要。我想至少一生中要知道一次，和世界万物达成一致然后创造，那是怎么一回事。时间在悄悄流逝。一个孩子对我意味着很多东西：一个小生灵，你可以根据自己的喜好塑造他，你可以和他一起做你愿意做的事，你可以随心所欲地把礼物赠送给他并且保护他。我要把我的一生中拥有的一切和他一起分享。他或她什么也不会缺乏，无论是爱，还是发夹。我要给他或她寻找一个模范爸爸，此人不但要拥有一份体面的职业和一份稳定的收入，还要来自名门望族，智慧超群。我以前的男友都无法满足我的择偶标准。

海尔特太太在发出鼾声。

2

星期天，多丽特过来看我，她是我青年时代的朋友。她只有在格罗照顾孩子的时候才能抽身出来。在我们闲聊期间，大夫过来查房。多丽特出于礼貌走到了走廊上。大夫询问的都是些常规的标准问题："怎么样？静脉曲张有问题吗？伤口还疼吗？"

"我什么时候能回家呀？"海尔特问。

她应该知道住院大夫不喜欢做出决定。他瞅了一眼她身上的尿袋，嘲弄地说："您希望随身带着导尿管出院吗？"

多丽特重新坐在我旁边时，我向她解释说，我们无法喜欢上凯撒博士——海尔特太太例外地点点头表示同意，而我们对那个主任医师约翰森博士的感觉则完全相反。"不过这个人眼睛看人时要比别人多看两秒。"我告诉多丽特，"你可要知道，一个人是太容易爱上另一个人了。"

我朋友哈哈一笑，她无耻地或者说和蔼地把海尔特夫人一同包括在我们的谈话中："赫拉说得对，您难道不是这么认为的吗？"

我那干瘪的女邻床嘴里在咕哝，抽出那份《星期日世界报》，开始阅读财经版面。

人们可以长达几天或者说几夜谈论自己的家庭，可绝大多数妇女更喜欢听和男人们相关的故事。我想，海尔特夫人已经活不了多久，她不可能泄露任何秘密——也就是说，我愿意再给她提供几小时激动人心而又难以安眠的时光。她大多对我的描述不做任何评论，可有一次她脱口说了一句"您真是疯了"的话来。这一点让我觉得很有趣。我很想稍稍挑逗她一番，这个怪老太婆。于是，我跟她原原本本地讲述了我和莱文的故事。

我起初以为，和他成为朋友时，我的拯救者阶段已告结束。我曾经有过一个完全正常的男友，他虽然比我小几岁，而且还在上大学，可他身上的一切是在期待一种中产阶级的生活。我悄悄地想过结婚生子，可从来没有表达过这方面的计划。人们应该给小伙子考虑的时间嘛。

莱文并非一直过着无忧无虑的生活，但正因为如此，他并不是一夜之间变成了犯人，他一开始不吸毒，不酗酒，也不乱搞女人。他的烦恼在于，父亲突然去世不久，母亲就和一个新男人搬到了维也纳。他的爷爷居住的地方离海德堡不远，距离我们这里不到半小时的车程。老人家生命力顽强，但情绪低落，他主要委派自己唯一的孙子承担送信、修剪篱笆以及专职司机的任务。我当时想买一辆二手车，偏偏在买车的地方认识了莱文。

对我来说，汽车和洗衣机具有同等重要的作用。除了价钱和行驶里程数之外，我感兴趣的只有颜色——它应该是不引人注目的那种。

我在汽车销售商的院子里四下张望时，一个高个儿小伙子也在那里轻手轻脚地走来走去，看着夹在前窗玻璃后面纸牌上的报价单。我并没有继续关注他，而是寻找一名销售商打听情况。

"那不就是您要找的东西吗？"那个小伙子说，手指了指一辆敞篷车。

我摇摇头。

"您开过敞篷式汽车吗？"他问道，"风会把您的鼻子吹掉吗？"

我大为惊讶地注视他。

"他们给您那辆旧车什么价格？"他问。

"两千。"我说，心里感到很愤怒。

我们一起进入店堂，我让他帮忙。可惜我对谈价感到难为情。莱文就像老手那样讨价还价。我对他谈价的结果感到很满意，可我实际上并不想要这辆看起来不怎么正经的汽车。

最后，我完全违背自己意愿地坐在副驾驶座上试车，莱文驾车，推销员从后座上对着我的耳朵大声地夸奖这车的优点。

"您留的金发为何那么短呢？"莱文问，"长发飘飘有多漂亮呀……"

"如果喜欢这辆敞篷车，那您自个儿买好了。还有，您就让您自己的长发飘起来吧……"

"这对我们大学生来说是梦想。"

那么说，这件破旧的短上衣是从旧货商店里买的吧。真是一个可怜的孩子。

两小时后，那辆红得过于鲜艳的敞篷车就停在我家门口了，而且我签的是一个分期付款的协议。

几天后，有一种怀疑始终在折磨着我，难道莱文是悄悄为汽车销售商打工的吗？——在讨价还价的时候他确实使用了各种各样的技巧。可我搞错了。

一个星期天的早上，那个瘦高个儿过来骚扰我了。"在这个明媚的天气里……"他开口道。

我解释说，自己在撰写博士论文，所以只能半天在药房上班，而实际上也只能利用周末时间把论文写完了。

莱文握着方向盘。他送给我一副太阳眼镜，那是从旧货市场上淘来的玩意儿，他说我戴上这种眼镜，模样就像是二十世纪六十年代的女明星。虽然人家可能背后说我心地善良，是大家的好伙伴，可恭维我外表的话很少有，我觉得很受用。

结果表明，莱文并非溜须拍马之徒。他性格豪放，会像个孩子似的兴奋不已。"这么漂亮的花园我还从没有见过呢！"我们兜风回来，他在参观我的房子时解释道。我家阳台和其他许许多多同样是二居室新房的阳台没有任何不同。不过我对鲜花简直喜欢得痴迷：黄色、红色以及橙色的旱金莲缠绕在各种箱子或者盒子上，盆栽的玫瑰、天竺葵甚至百合在盛开，就连铁栅栏上也都被娇嫩的粉红色和白色野豌豆包围住了。

为了让他还能对我稍稍留下一点儿好印象，我本想把他一粒掉落的纽扣给缝上。

他说这个可以自己动手，"动作不灵巧恐怕是牙科大夫的大忌。"

我惊讶地问道，为何他要选择牙科，因为这个职业并不适合他。

"出于和您成为药剂师的同样原因，"莱文说，"为了挣很多钱。"我留意地看着他。他难道就是这么想我的吗？

下一次驾车出游时，我们互相用"你"称呼了，但我们之间并没有发生太过亲昵的举动。他第三次过来看我，手里还抱着一只小猫咪，然后兴高采烈地把它递给我。我不得不承认，对我来说几乎没有比小猫更讨人喜欢的宠物了。有人曾经好多次想送给我一只猫，但出于责任意识我始终加以拒绝。白天的时间我不在家里，我常常在药房上夜班或者想出门旅行——那么谁应该照料宠物呢？莱文全然不理会我的疑虑。"它是一只雄猫，该叫它什么呢？"

"雄猫穆尔[1]。"我说，顿时想起爷爷家里的那只猫来，小时候我可喜欢它了。

"这个名字我不喜欢，"莱文解释道，"它叫帖木儿[2]。"

---

[1] 德国作家霍夫曼（E. T. A. Hoffmann，1776—1822）的长篇小说《雄猫穆尔的生活观》里的主人公。
[2] 位于中亚的帖木儿帝国（1370—1507）的开创者。

现在，我有了一辆敞篷车和一只雄猫，两者都不是我自己挑选的。过了一段不长不短的时间之后，我的床上也出现了一个小伙子的身影。

我反复地问自己，莱文是否只是对驾驶敞篷车兜风感兴趣。这辆车在我们的关系中扮演着一种能得到性刺激的角色，至少对他是如此。可对我来说，他是和我一起欢笑并且让我感觉自己重返青春的第一个男朋友。当然我并没有问莱文是否有过很多女人，可我觉得这个几乎不可能。我们虽然定期同床共枕，可他在我们之间的对话上花费了比性爱多得多的时间。多数情况下是我在采取主动，引他踏入含情脉脉的一小时，尽管人家说得更确切，那只是八分之一小时的时间。

有时为了去看场电影，我们驱车前往法兰克福。我觉得这样的浪费不值得，尤其是同样的电影在我们海德堡也能看得到。可和一个亢奋的人从这个地区飞驰而过，这样的约会让我如痴如醉。

实际上，这是一段美好的时光。我自己发誓过，既不会给莱文喂饭吃，也不会给他喂水喝，不会像对婴儿那样摇着他进入梦乡，也不会给他熨烫衬衫，或者甚至为他打字。可毕竟我的车子一直在给他添麻烦，他在车里安装了两只音箱和一台几乎崭新的车载收音机，回家的时候顺便将垃圾带到楼下，或者从他常去的"北海"餐馆带来一些鱼骨头给雄猫吃。我不可能是一个无心无肺的人，连一块洋葱肉排也不会给这个瘦削的小伙子煎上吧。大学生食堂里很难吃得到像样的荤菜。我宽容大量地为他清洗浴盆，给他买了袜子和内裤，好让他在洗完澡后马上找到干净的衣物穿上。

我后来难以继续我的博士论文写作。莱文劝我放弃，他觉得博士头衔对一个药剂师来说纯属多余。我跟他解释说，我在药房里多多少少就是个售货员而已（掌握一些计算机知识），但如果有一个有据可查的资格证书的话，那或许我还有机会在企业界或者研究机构谋得一个职位。

"在哪儿最能挣钱？"他问。

"或许在企业界，或者当然是自己开药房。科学工作可以给我带来很多的快乐，最好是在毒理学领域。"由于策略上的原因，我没有说出事实上自己更想从事的工作。

每隔三周我上夜班。到了这时候，莱文就很喜欢过来看我，让我稍稍给他解释我必须做些什么样的工作。"这真的没什么好兴奋的。"我说，"我爷爷的药房里至今还保存着许多遵照医嘱开出的处方，可惜我只能为一些皮肤科大夫做做这个。"

很遗憾，除了几只瓶子和研钵之外，我没有从爷爷的药房里继承到任何东西，他的药房也已卖掉了。莱文想看看我的遗产。我对自己没能继承爷爷的那些拐杖藏品始终感到闷闷不乐。在他那个时代，男人们闲逛时不用带上公文包或是文件箱，他们的双手不需要拐杖和阳伞。今日的收藏家们争抢那些价值连城的古雅物品，这些东西当时都是我爷爷花了很少的钱通过磨嘴皮子从他的卖主那里磨来的。他有一把大夫专用象牙拐杖，一条蛇缠绕在上面；有一把用花梨木和瓷漆做成的歌剧院专用拐杖；还有许多乌木拐杖和角质拐杖，那些球形把手是用银、铜、龟甲和珍珠贝制成的。我还记得那些龙头和狮头，它们当时是多么疯狂地吸引到我这个孩子，我还记得有一把可以藏在手杖内的剑和一把剑杖。结果后来父亲把所有的拐杖全都卖掉了。

我从衣橱放帽子的那格抽屉里拿出那些漂亮的棕色玻璃瓶，瓶上的标签是用手写的。

"送我一只吧，"他央求道，"我想把须后润肤水倒在里面。"

他自然挑了我最喜欢的那只小瓶子，最小最精致的那只。褪色的标签上用紫色墨水写着"剧毒"字样。这激起了莱文的兴致。他用力拔出磨光瓶塞，将瓶里的东西倒在一只丝绸沙发枕头上。厚指甲直径、二到四公分长的微小细管从瓶子里掉出来。莱文大声地读出来："盐酸阿扑吗啡，特殊配方号 5557，毒扁豆碱水杨酸格令 1/600，大不列颠毒药表，附表 1[1]。"等等。他好奇地看着我："毒药吗？"

"当然啦，"我说，"对一个药剂师来说，这个没什么特别之处。"

莱文小心翼翼地打开其中一只玩具娃娃的细管，抽出里面的棉絮，然后取出一粒药丸。我也不得不对药丸的微小感到惊奇，它比我的瞳孔还要细小。

莱文说，他觉得非常有意思的是，在极权国家里，那些身居高位的政治家或者机要人员，在牙缝里藏有毒药胶囊，一旦在万不得已时可以用自杀摆脱折磨。"可我不知道这个毒药看起来竟然是那么细小……"

---

[1] 此处原文为英语。

我拿走了他手里的细管，用煮开的肥皂液冲洗这只小玻璃瓶，然后把瓶子递到他手上。

我后来做过自我谴责，不应该将如此致命的材料数年之久地存放在我的衣橱里。有些想自杀的人曾经在我这里过夜过。好吧，这样的时代已经过去。我为我的毒药寻找新的藏身之地，把香袋里的薰衣草倒进垃圾桶里，将那些细管塞到里面去，把放有安全针的小袋子固定到一条我很少穿的长羊毛裙的内侧。

我的大学女同学多丽特，因为有两个婴儿需要照顾，现在相当忙碌。可惜我们只是在她需要安眠药的时候才难得见上一面。她会利用这个机会和我尽情谈个够。我们相约坐在海德堡最典雅的咖啡馆里，这时候我会听到她又一次唠叨起来：我不应该埋头工作，否则永远不可能拥有一个男人和一个家庭。

"听着，多丽特，我现在几乎不去上班了，我有了一个新男友……"

"真的吗？但愿这一次不是一个没用的人！"

我答应把我的男友介绍和她相识。

莱文虽然已经二十七岁，可遗憾的是看起来要年轻得多。他还拥有高中毕业生那种瘦长而笨拙的身材，胃口好得像十四岁的男孩，而兴奋的冲劲则像刚上学的孩子。我觉得他长相英俊，但也没有好到所有女人为他痴迷的地步，因为他那张红润的婴儿般的脸蛋有点儿歪斜，鼻子对这种脸形而言又显得太大。和他青春好动的特点相称的未必是他尽心尽职的学习，以及马上完成学业的争强好胜。

多丽特果然对我男友不满意。

"我不得不认可他有某种好的一面，这是值得称道的。"她说，"可他不会跟你结婚，你的人生经历已经告诉你，你自己知道得很清楚。"

"他为什么不会呢？"

"哦上帝啊，我们知道得一清二楚：他寻找一个妈咪，给他从药房里带来止咳糖浆，把她的车借给他。等到哪一天，你下班后疲惫地开车回家时，却看到他在和一个二十岁的小姑娘坐在内卡河畔亲热地手拉手。"

多丽特这么说是出于善意，她并没有完全说错，有时候我也会产生这种可怕的幻觉。可是，谁会仅仅为了理智的原因赶走自己心爱的男人呢？此外，我们的年龄差距并不是很大，小八岁算不了什么，现在很多女人还比自己小二十岁的男人结婚呢。至少我看起来比我的实际年龄更年轻。多丽特甚至认为，我是属于这样的金发女人，到了五十五岁看起来还像是二十五岁那样，这是她的预言，自然到了时候才能得到证实。（多好呀，我戴隐形眼镜已有两年，莱文从来没有看见我戴过大眼镜。）再说当然也有其他因素可以把我们分开，可我根本无法如此清清楚楚地说出是怎样的情况。他对汽车的爱好我倒并没有太放在心上，但某种肤浅的感觉偶尔会让我很不舒服。他那种兴奋的冲劲也强不到哪里去，它通常瞄准表面的东西。

可要是在一个阳光明媚的周日，开着车和莱文一起到阿尔萨斯享受美餐，我觉得生活还是很美滋滋的。

一天下午，我们坐在沙发上，品尝自己烘焙出来的樱桃蛋糕，多丽特带着孩子过来看望我们——或许是想仔细考察一下我们的田园生活吧。两个孩子马上为谁能摸那只雄猫发生了争执。

"我还从来没有见过这么可爱的孩子。"莱文说，尽管那时弗朗茨已经拔掉了妹妹的一缕头发，帖木儿怒吼着躲到了柜子上面。

多丽特还从来没有过羞羞答答的时候。她发出喷壶那样的声音，毫不拘束地问我的男友："你究竟想要几个孩子呀？"

我脸色绯红，不由自主地转向那只猫，我不敢去看莱文的脸。

他不动声色地回答："可能两个吧。"

我真想搂住他的脖子，好好亲吻他，可谁说过，他已经安排我做那两个孩子的母亲了？

莱文把咖啡壶拿到厨房，多丽特对我眨眨眼，我对她发出真想掐死她的信号。

尽管如此，我还是向她透露——因为我多少总得说点儿什么，我马上要整天在药房上班了——我首先是一个女同事妊娠期的代表，而且我的博士论文撰写工作也要长期搁置下来了。但对我开始给莱文的博士论文打字的事，我却对她只字不提。恰恰这一点是不应该发生的。可当他请我给他解释我的电脑时，他装作——说得轻一点儿——相当愚蠢的样子。莱文是一个动手能力很强的高手，玩起电脑来还不是小菜一碟，如同儿戏似的。

可我不得不承认自己很幸福。尽管他的论文主题我很陌生，但我觉得比我的更容易。我翻阅专业书籍，认识了人类颌骨的全新角度。即便到了今天，一段时间已经过去，我还是可以对"硅树脂模型材料及其在口腔中的应用"做一个小的专题报告。

　　或许是父亲吃素的缘故，我非常喜欢吃荤菜，虽然我也知道，荤菜吃得过多并不健康。每人一百克，我不会买得更多。不过对一个饥肠辘辘的小伙子而言，我总是要有所区别对待的。而要是我们一起对一块巨大的带骨牛排大快朵颐的话，我们的心情就会大好特好。

　　一天，莱文给我带来了一把切肉用的刀和一把分肉用的大餐叉，它们是刻上了首字母的家族银餐具。我感动地注视着这个用希腊辫状饰物组成的可爱图案、那些交织在一起的大写花体字起首字母以及已经有三代人相继在刀口上留下的小小的日常痕迹。

　　"太漂亮了，"我说，"很难相信你爷爷舍得拿它们出手。"

　　"不是直接的。"莱文说完，用一把磨刀钢把刀磨锋利；他说爷爷反正不再需要那些东西，毕竟他装了一副不合身的假牙——因为自己的吝啬——他吃的荤菜必须煮得烂烂的像黄油那么柔软。

　　"我觉得这样不合适。"我斩钉截铁地说，"我不喜欢使用偷来的东西，你还是把所有的东西统统还给他吧。"

　　莱文不禁哈哈大笑道，他反正要继承遗产的，难道要把这么漂亮的银器浪费着不用吗？

　　我缴械投降了，把此事视为迟来的捣蛋行为，很快就习惯了那些随着时间的流逝慢慢增加出来的餐具。

　　当我拿着一切物质价值虚妄的话题向多丽特进行说教时，我的这位女友总是嘲笑我。多丽特坦率地承认自己喜欢购买奢侈品。她硬说我不诚实。可是人们应该更大胆地说出自己的想法：我讨厌炫富。不过对那些破费千元的小物品——譬如一个日本的坠子，一只用珍珠和瓷漆做成的具有青春艺术风格的小巧戒指，一只特级的小坤包，所有这些都会让我很兴奋。正因为如此，当莱文将他祖母的首饰带给我时，我也并没有真正指责他。那都是些小物件，制作精良，自然用金子做的。毕竟我也为他做了很多事，为他花了不少钱，全力争取他的利益。可以这么说，银餐具和金首饰是他示爱的标志。只是有关孩子的问题依然存在。

　　我的绝大多数同班女同学要么有了孩子，要么在奔着自己的锦绣前程。薇拉是第一个高中毕业之后不久不得不结婚的，我们所有的人都有点儿替她惋惜。她没有接受任何的职业培训，完全不符合时代潮流，可早在二十岁就有了孩子。我们的脑子在这个年纪装的是其他东西，想到美国旅行或者开始大学生活（刚进入大学的几个学期还是很自由的）。可是，渐渐地，确定固定关系的情侣形成了，我每年都会收到结婚请柬和孩子生日请柬。高中毕业十年后的班级聚会上，大量的婴儿照片简直让人眼花缭乱。

　　我是属于这类人：既没有在职场上混出个人样，或者经历过任何艳遇，也没有成为幸福的母亲。当然我遭受的打击远不止这些，可在中学时代我从来不屑于这些东西，我现在也觉得它们没有多大意思。

同学聚会后第二天，我整个人垮了。我躺在床上，神情沮丧、身体虚弱，感觉自己是个废物。我根本就生不出孩子来，我不停地想到。将来有一天，我尽管去做尝试，可还是会失败。是否我不该只做一次测试？那么然后呢？一个没有父亲的孩子，而且在职场上碌碌无为？不理智，我告诉自己，那就心平气和地等待吧。三十五岁的女人也不必陷入剩女的恐慌，如今的女人到了四十依然很年轻，很有魅力。

有一次，我做了个离奇的梦，梦见了自己的婚礼。我的父亲从来没有看望过我，我让他把一只烤好的公牛端到一扇被卸下的门上。我的母亲被迫过着禁欲的生活，她就像是玛琳·黛德丽[1]，裸露着大腿坐在一只酒桶上。我的哥哥尽管娶了个无聊的蠢婆娘做妻子，但我叫一个更无聊的尼姑给他帮忙，好让他感觉到自己的干瘪女人还能服务得更到位。而我自己即将分娩，却仿佛一道球形闪电，从惊讶的人群中飞过。

可谁是童话里的王子呢？我越来越频繁地梦见，那个王子就是莱文。

海尔特太太用睡意蒙胧然而赞许的响声回应我对班级聚会

---

[1] Marlene Dietrich（1901—1992），德裔美国著名演员兼歌手。一生拍过五十多部电影，曾经演唱过的英文版《莉莉玛莲》成了二战中美德双方士兵最喜爱的歌曲。

的描述。她也许稍稍做过梦，谁知道呢。到了午夜，她有时突然冲到她那瓶"迪奥小姐"香水那里，强行把它打开。有一次，我还看到——因为房间里从来就不会是漆黑一片的——她将"随身听"的耳机塞进耳朵里。或许她又在听自己喜欢的勃拉姆斯歌曲，那是她——正如那瓶香水一样——偶尔和那些夹心巧克力一起给我捎来的。此刻真是太好了，她并不是什么话都能听到，其实我在说一些跟谁都无关的东西。

3

为了预防血栓形成，有些女人必须无情地强迫自己起床，但不会像海尔特那种样子。她神气十足地在走廊里逛来逛去，随身携带着一只令人恶心的医用包裹，里面放着管子和瓶子等玩意儿。那时候我知道她很难为情，因此尊重她与此有关的愿望。当然我觉得自己宁可相反。我对有露阴癖的女人绝对不感兴趣。此外，她也在夜里大胆地穿着那种难看的白色医用弹力袜，换作我马上会把它们脱下来。

她很少谈及自己。我从前的女上司看望我时，她感到有点儿忧郁。她说以前远远超出正常程度地减轻男上司的工作负担，可她得到的回报是什么？她刚失去劳动能力，就被遗忘了。

迄今为止，我不是特别喜欢女人之间那种过分的亲密无间。虽然我妒忌我的女友多丽特，她也似乎带着某种乐趣促成这一点。可是此刻，我这一生中第一次感觉到对一个陌生女人产生怜悯之心，这是一种我始终只对男人保留的情感。

我想用我的午夜童话让海尔特太太消除自己的忧虑。接下来她将听到的是我和莱文搬到一起住的故事。

他在一个不同于往常的时间到了药房，尽管他知道我不喜欢在女上司的眼皮底下消失在药房后面的房间里。

"怎么了？"我问，盯着他闪闪发光的眼睛看。

"你想搬到一个大房子里去住吗？"他问。

这可不行，这是我一开始的念头。我总算将我的小房子安排得井井有条，脱离了寄生虫的生活，我只是为了自己的家才愿意放弃这种奢侈生活。我使劲摇摇头。

"不过你先听我说完，"莱文恳求我，"这个上档次的房子我只是为我们俩准备的，美得令人叫绝！"

莱文用自己漂亮的双手画了一幅平面图，精确得就像一个专业建筑师画出来似的。

"没有阳台吗？"我失望地说。

"不是直接，"莱文说，"房子位于施威辛根，离宫殿公园三分钟。你可以像侯爵夫人那样在白色长凳上闭目养神，慢慢欣赏那里的艺术喷泉，给鸭子喂食，在巴洛克剧院观看所有的首场演出！"

我们租下了那套很大的旧房子。因为木条窗子很高耸，外面的阳光可以落到木头地板上。帖木儿可以从一棵铁线莲的树干上爬到院子里去，过着一只雄猫该过的自由生活。可除了缺少一个阳台之外，不久我又缺了另一个东西：我的安宁。在此之前，莱文的来访一直仅限于几个小时，他大多不在这里过夜。现在，当我回家时，他总是已经到家，可这绝不意味着他已经烧过茶水了。往往是收音机在发出隆隆的响声，电视机开着，莱文在打电话。

"有什么好吃的吗？"他向我打招呼时问道。

我也真的不希望看到别的样子。我理所当然地为他洗衣、做饭、购物以及支付房租。他理所当然地拿走我的汽车，什么时候想拿就什么时候拿。

在特别辛苦的一天之后，我把他当作一个邋遢儿子那样对待。莱文不是真的不爱整洁，他只是占用了所有的空间。在我的两个房间里堆放着和我无关的许多物品，可他的房间看起来像是没人居住一样。

"你有时就像个孩子。"我说完亲吻他。

"你喜欢孩子吗？"他问。

我不禁哽咽了。

"我当然喜欢孩子——每一个正常的女人都喜欢孩子。"

莱文似乎在思考。"你想不想生一个呢？"他问。听起来像是他想给小猫买一只小狗狗似的。

"以后吧。"我说。我不想要一个非婚生子，而是想要一个真正的家。

我们至少一周去一次维尔海姆莱文爷爷的家。我原本以为那是一个养老院，进屋后让我惊呆了，这个房子完全配得上"别墅"的名称。老人独自一人住在那里，不过由经常更换的保姆照顾。莱文把这一点归咎于他爷爷不愿意给保姆增加工资。

或许是他爷爷不了解当今的物价，生活在世人都想欺骗他的幻想中。莱文特别讨厌他，只是尽自己本分地关心房子和院子，开车送他去看病，上银行，剪脚指甲。慢慢地，我也做一些保姆无法做的事情——用打字机打信件，填写表格，整理衣物，收拾冰箱里的储存物。如果换作是另外一个爷爷，或许他不会用干巴巴的语言，而是以一个小礼物表示感谢。因此我更加高度评价莱文，让他——尽管在发牢骚——继续照顾好爷爷。

有一次，当我和他独处时——莱文把割草机送出去修理，我试图使他明了他孙子糟糕的经济状况。

他名叫赫尔曼·格拉贝尔，懊恼地注视着我。"你认为我是一个老吝啬鬼，"他一边说，一边用满口的咖啡悄悄地清洗他的假牙（他以为是悄悄地），"你知道我有钱。可你或许不知道这个王八孙子把我的新奔驰车开成了废铁。要是他在这里无偿地做些细小的家务活，却还要为此抱怨的话，那我宁愿把我的钱捐赠给一个孤儿。"

"这是敲诈勒索。"我愤怒地想道，然后将蛋糕端到他那只画着高山花朵的盘子里。

"而且还有一个问题，"他继续说，"究竟是前面两个保姆还是我的孙子偷走了我的金子和银子……"

我顿时脸红起来，不再出声。

可赫尔曼·格拉贝尔似乎并没有注意到这一点，因为他刚好在院子里的晾衣绳上发现了一只黑色胸罩。

回家的路上，我想向莱文打听那起事故的细节。他说的时候很生气。

"可能是我太疲劳，打了会儿瞌睡，因为我从西班牙过来，夜里不停地开快车……"

我觉得他这种行为不负责任。"有人受伤了吗？"

"不是直接。一辆卡车撞在这辆奔驰车上，卡车拖车翻倒了。你是说车上装什么东西吗？果酱！你想想高速公路的场景吗？"

"我问你有没有人受伤，不是问果酱。"

"确切地说，那是李子果酱。"

我们沉默了一会儿。

莱文偶尔开车送老人到某一个地方去，这时候的开车速度就跟蜗牛走路一样，可自己单独使用这辆新奔驰车时，永远不会开得那么慢。

"你爷爷的家产是怎么挣来的？"

"他是一家小厂的电工，发明了一个令人难以置信的半成品，然后他就在自己的企业里生产这种产品。他年纪轻轻就成了富翁，后来企业效益慢慢下滑了。我父亲去世时，他把厂子卖掉了。"

我知道，莱文的父亲是管风琴师，显然没有兴趣从事工厂主的职业。

"看样子你爷爷是有教育意图的。"我说道，言语里并不是完全没有幸灾乐祸的味道。

莱文否认了这一点："他是虐待狂，让我骑自行车！其他人一定时不时地把一千块钱塞进他的孙子口袋里了。"

　　我们在高速公路上行驶,尽管我自己宁愿会选择富有浪漫色彩的山路途经魏因海姆。我常常发现莱文开车太快,可这一次我陷入惊慌失措之中了。

　　"稍许开慢点儿吧,"我要求道,"我们又不急着赶路。顺便说一句,如果没有那一千块钱你也去看望你爷爷的话,我会觉得你很高尚。"

　　莱文绝没有减慢速度。"我肯定不是出于高尚去看望他。"他说,"从我的角度,宁愿他今天而不是明天死掉,可他常常威胁要更改遗嘱。"

　　我无法不表露我的想法:"最近你并没有经常骑自行车。你可以耐心等待你的遗产。"

　　"那要等到我人老了头发白了才行。老头子生命力顽强,他可能会活到一百岁!"

　　我笑了:"那你就让他活到一百岁吧!或许你有同样的基因,也可以活到那么大的岁数。对了,你准备拿这遗产干什么?"

　　莱文车越开越快:"买一辆赛车,旅行,参加巴黎—达喀尔汽车越野拉力赛,至少我以后不用拔掉蛀牙。"

　　我不作声了。在他的计划中,既没有他的大夫职业,也没有出现我这个人。

　　次日晚上,我将莱文的博士论文扔到厨房桌上以示抗议,在中断数周之后我又开始撰写自己的博士论文。我是一个蠢女人,假如照现在的进展,我既无法拿到博士文凭后找到一份科学研究工作，也无法结婚生子。

后来我打电话给多丽特，简直羞得无地自容，可我向她老实交代自己在为莱文的职业生涯尽心尽责。

"我对此完全不感到惊奇，"她解释道，"你不该和他搬到一起住。难道你真的爱他吗？"

"我想是吧。"我说。

事实就是这样。不管我的脑子里产生过多少怀疑，不管我差不多从身体上感觉到有多少警告性信号，事实是我爱上了他。当他像胎儿那样蜷缩着睡在我身旁，我完全可能因为含情脉脉而哭泣。当他狼吞虎咽地吃着饭菜，由衷地对我做的一手好菜感到高兴，当他对药房的小试验感到兴奋，当他在我出现时那种兴高采烈的样子，那么一切安好。我们和帖木儿一起坐在沙发上，一起抚摸它，然后在电视里盯着詹姆斯·邦德偷车，那是些充满幸福的时光。可我也有孤独的夜晚，因为我不知道他身在何方。当然，正如他希望的那样，我们每个人都有来去的自由。我因为太高傲，所以不去问他，或许也是因为太害怕失去他吧。

又有一次，我心情有点儿沮丧，躺在电视机前睡着了，这时候电话铃声把我吵醒了。莱文！我想道，你慢慢懂规矩了吧。

"赫拉·默尔曼。"我自报家门。

"对不声音打过来的："对不起，莱文在吗？您是他的女朋友吗？"

"请问您究竟是谁？"我冷淡地说，尽管我觉得这个声音很熟悉。

"是我，玛格特。"对方说道。她是莱文爷爷那个没有经验的新保姆。她说赫尔曼·格拉贝尔心脏病发作，现在躺在医院里。院方告诉她，她必须立刻通知病人家属，他的病情很严重。

她这么一说，我越发睡不着觉了。莱文午夜过后不久回来了，他并不是蹑手蹑脚进门的，他马上从我的表情中看出我的心情有点儿沉重。

"大夫打来电话了吗？"

"没有，是他的保姆，那个太太……我连这个保姆的名字叫什么都不清楚。她说自己是玛格特。"

"我们就是这么叫她的。"莱文说。

我当然没有料到他会突然哭起来，但也没想到他会露出那么多掩饰不住的快乐。眼下再打电话过去太晚了，莱文想第二天早上亲自到医院去一趟。"比大学更重要。"他说。

我们俩很少睡在一起。莱文躺在隔壁他自己的床上，可我老是听到声音，他起床，到厨房或是上厕所，打开收音机或者电视机——然后又把它们关上。我也在想象不久之后住在那幢漂亮的别墅里。那里可以有足够的空间提供给孩子们。

"一切棒极了，"莱文第二天从医院回来后解释说，"我马上到爷爷身边，他很感动，但他身体状况很差。主任医师说，他可能马上就要死了，心脏不行了。必须给他做心脏搭桥手术，可对一个八十岁的老人而言，这是行不通的。"

然后，他硬拉我到门口，那里停放着一辆保时捷。

"我用很便宜的价格买下的，还很新呢。"他着迷地说。

"你难道用得着它吗？"我问。

他注视着我，仿佛我脑子进水似的。

我去试车，驾车过程中我都已经晕头转向，心想自己只能再去银行借一笔贷款了。银行通常是不会给一个大学生贷款的。

我显得很严肃。

莱文陈述理由说，他马上就会钱多得不得了，可这种金银财宝恐怕他之前也已经错过了吧。

期待从一个亲属的死亡中谋取钱财，我觉得太缺德了。

这个想立即拥有大玩具的大男孩，现在试图用好听的话赢得我的好感。他称赞我的慷慨大度，许诺给我一大惊喜。

我差点儿问是否是"结婚"，可我还是强忍住没问。一旦他以怀疑和惊讶的目光看我，那就是太伤我的心了。因此我假装很笨的样子。"是一次旅行吗？"我问。

莱文摇摇头："你不会想到的。你将是改建维尔海姆别墅的建筑师和安装师。"

我没有明显露出内心的激动，冷静地说道："你认为我在这方面特别有天赋吗？"

莱文笑笑："每个女人都喜欢为自己布置一个家。"

我完全被他征服了，和他激情拥抱。然后我到了银行，申请了一个在没有优惠条件下也可以得到的贷款。

莱文幸福极了，似乎从早到晚开着保时捷出门在外。幸运的是，学期假期那时已经开始了。

我每次一下班，莱文就把我接走，我们开着车向法兰克福或者斯图加特飞驰，周末到地中海或者北海。我心里在怀疑，是否要给他做点儿积德的善事。如果他现在像美国电影演员詹姆斯·迪恩那样出了车祸，难道我唯有欠下一屁股的债作为对我唯一可以夸耀的结婚候选人的怀念吗？

两周后，我坐在赫尔曼·格拉贝尔的床边，我没有觉得自己是在看望一个垂危病人。老人家兴致勃勃，开始谋划起自己的打算来。

"如果我们走运的话，"他说，"下周我就可以出院了。大夫们希望劝说我雇用一名护工，可我不愿意浪费不必要的金钱。玛格特虽然不算聪明，但她还是可以不声不响地为我跑前跑后的。"

从医院里出来，我们开车到别墅去，莱文割草，我和玛格特闲聊。

"格拉贝尔或许马上就要回来了，"我说，"您愿意有必要时也能照料他吗？我是说，在家务活之外额外增加工作。"

"好呀。"玛格特说，顺便提了提要求增加工资的事。

回家的路上，莱文很不高兴。"你根本不用说任何话，"他教训我，"你会拿到你的钱的。谁会想到这个老不死的又起死回生了呢！"

"你别担心，钱可以等等。但如果他重新住在家里，我们得更频繁地到他那里去。我不知道玛格特能否承担责任，我觉得她不合适。"

"哦什么，你想到哪儿去了，"莱文说，"她没问题。你难道愿意出更多的钱吗？有一次我甚至看到爷爷用望远镜观察院子，玛格特光着上身在那里晒太阳。她是我给他弄到手的，前面几个都不行。"

我获悉他早在小学时就认识玛格特了。他说不过后来她上了普通中学，而他则去了高级文理中学。她曾经学过裁缝，中断学业后在工厂做工人，后来就失业了。

玛格特烟瘾很大，常常一支接一支地抽。人瘦得像根电线杆子。在一种模糊的预感中，我问道："她以前是不是沾过毒品？"

"怎么会呢？"

我没有向莱文谈起过自己从前的经历。玛格特被归入可怜人的行列，我得和这些人打交道，可他们都是些穷光蛋。对玛格特这个人，我恍然大悟：我不喜欢这个女人。

几天后，多丽特（不无满意地）告诉我，她看到莱文和一个女人上了一辆汽车，我一开始对玛格特那种更确切地说是下意识的厌恶从此越来越强烈。我当然马上问起她的长相来。

"我完全相信你喜欢的人会有更好的鉴赏力。那个女人和你截然不同。"

尽管我已经意料到她说的就是玛格特，可我还是希望她能仔仔细细地描述出来。

"头发没染好，金色头发下面露出鼠灰色的发际，极瘦，年纪和莱文相仿，是一个可怜而粗俗的女人。"

　　那就是她，描述得很中肯。我咧嘴冷笑。多丽特只是忘记提及那些咬下来的指甲了。

4

　　我是自己要求住在外科病房的。我绝不希望房间里有一个
每隔几小时就得给婴儿喂奶的产妇。我从来就不是一个乐观主
义者，我的人生中经历了很多东西，知道其他女人那种普通的
幸福不会白送到我的头上。可海尔特太太提出反对意见。"胡
扯，"她说，"该来的自然会来。"

　　"多丽特始终尽可能在生活上给我做出榜样。和我不同的
是，她真的得到了父母的爱，并不仅仅出于自己的虚荣心。"

　　"我的上帝，"海尔特太太说，"我未必希望和您女友交换。
昨天我看到她那疲惫的丈夫……他简直可以做她的父亲了。"

　　我当然要替格罗说话了："不错，他不年轻，也不快乐。但
总而言之她幸福地结婚了。"

　　海尔特太太的脸上写着"那么您呢"的疑问，可她还是
沉默了。她很清楚我要把一切都告诉她，而且——至少对我而
言——依然还有足够的时间。

海尔特太太在胡说八道。我觉得她就像现在爱慕主任大夫一样，以前也爱慕过自己的顶头上司。最近，夜班护士因为发现我在不停地唠叨，狠狠地训斥我，说是海尔特太太需要安静。可她搞错了，我的女邻床坚持认为，哪怕她旁边有人滔滔不绝地自说自话，她照样可以睡得特别死。可滔滔不绝的自说自话是不会停止的。这次我们谈的是玛格特的事。

有个女人来过我们这个家了。我闻到这种气味，我感觉到这种味道。我的衣钩始终摆放在同一个方向上，一旦发生大火我就可以一下子从衣橱里拿走所有的东西。这是母亲教给我的方法，而我过于认真地遵守这种条理。无论是我的蓝格子连衣裙，还是我的青绿色连衣裙，都挂反了。我检查了一下浴室。看望莱文的人当然有权在这里洗手（但我的衣橱里并没有丢失东西）。在抽水马桶里有一根香烟头，为了过滤器使用更耐久，这样一种恶习是我无法忍受的。此外，这并不是莱文的坏习惯，他每天都要把烟灰缸倒掉。可在这栋别墅里，这种不道德的行为已经出现过多次。

我同样打量莱文的这间房间，漫画书在房间里堆得到处都是，两听空啤酒罐随意地扔在窗台上。我本想安慰自己，说他们只是一帮傻瓜而已。可一旦发生在莱文身上，我只是充满教育意义地摇摇头，而如果是玛格特干的好事，我可就一点儿也忍受不了了。她马上要承担起照料一个病人的责任，她只不过是一名女佣，莱文为何要把她一起带来？我受不了她那廉价的香水——人造的苹果味。

"玛格特来过这里了吗？"他回来时我问道。

他马上以审视的目光看了我一眼，然后没有选择向我撒谎。因为和我不同的是，她喜欢飙车，他驾车带着她四处兜风，我好歹可以从她的心情中看出点儿蛛丝马迹来。我不是完全明白这是为什么。可我对衣架的事只字不提，顺便说一句，我也不希望自己被视为不领市面的老妈子，搞得和年轻人不同，不仅自己不喜欢开快车，还到处吃人家的醋。在我恐惧不安的噩梦里，莱文从转弯处滑了出去，我试图在清醒的意识中放弃我的上述想象。我对男性朋友那种持续不断的慈母关怀使我成为永远的输家。

尽管如此，玛格特并不是一个优雅的女人。我简直无法想象究竟有什么东西使莱文和她联系在一起。至少他是这儿附近的人，非常熟悉这里的风土人情。可我是一个土生土长的威斯特法伦人，恐怕在这里永远不会有本地人的感觉。他和玛格特说方言，或许这会给他带来一种安全感。莱文以前在鲁尔区的大学里上过半个学期的课，可因为那里既没有洋葱蛋糕又没有碱水面包，所以他没坚持多久就回去了。

我们到医院去接赫尔曼·格拉贝尔回来，玛格特至少已经将茶点准备好了，咖啡桌上（三枝仙客来插在一只淡紫色花瓶里，慢慢有了起色）摆上了多层奶油蛋糕和浓咖啡，这些东西爷爷还不能享用。我和莱文又吃又喝，为了不使玛格特感到委屈，爷爷要了一杯烧酒。莱文无所顾忌地给他白酒喝。我和玛格特答应莱文不提保时捷的事，可她差点儿说漏了嘴。

赫尔曼·格拉贝尔显然很高兴又回到了自己的家。"再也不去医院了，"他说，"那里只能让人产生愚蠢的想法。"

我礼貌地问道："比方说？"

他哈哈大笑："比方说，有人可能更改了他的遗嘱！"

莱文脸色煞白。他顿时暴跳起来，说道："赫拉，我们得走了。"

"那我工资的事呢？"玛格特说起话来没有任何策略。

爷爷摸了摸自己鼻子上的那块大肉赘："你不要有那些愚蠢的想法，只有完成了学业才可以继承我的遗产。很有可能我明天就死，可你还以为自己什么事都可以不用管了。"

我觉得这个主意不错。

"那我工资的事呢？"玛格特又一次问道。

尽管玛格特选择的这个时机确实并不聪明，但莱文还是向爷爷解释道："应该给玛格特增加工资，爷爷，毕竟现在物价上涨很厉害……"

"谁都想要我的钱。"格拉贝尔说。

我是为了让莱文高兴才插嘴。

"那你有什么样的建议？"老人家现在直接问我道。

我公正的意识战胜了我的反感；奇怪的是，他不动声色地接受了我的建议。玛格特虽没说声"谢谢"，但还是说了句："安拉！"

告别时，他彬彬有礼地吻了我的手，因为激动把咖啡溅到自己身上了。我几乎有点儿感动了。莱文看到这一幕，气得咬牙切齿。

自从发现玛格特来过这里之后，我对我房间里出现的陌生痕迹产生了一种怀疑的厌恶心理。我悄悄地设下圈套——将一根头发缠在我的首饰盒上，把扑粉吹到我浴室架子的平板玻璃上，在香水瓶子上做上记号，又把一只粗心大意打开时就会掉下来的花瓶放进衣橱里。

可是起初，我既闻不到陌生女人的气味，也没有中下圈套的事情发生。也许一切仅仅是我臆想的产物，是我自己把衣架挂到别处去了。我因为太过频繁地和可疑男人打交道，所以或许连自己都变得不太正常了。所谓的毛发和脚印仅仅是我的雄猫留下的吧。可是，一天晚上，当我小心翼翼地打开衣橱时，那只花瓶摔在地上裂成碎片，而那些棕色的小玻璃瓶却是有了不同的顺序编排。我在这里偷偷地做了顺序编排——各个标签的起首字母得出这个词"ANEMONE[1]"——可这里两个字母换错位置了：我诧异地看着 ANEMONE。莱文在寻找毒药，这是我的第一念头，我感到很不爽。我检查了羊毛裙的内层，他什么也没有发现。

这个隐藏的地方很理想。玛格特很难对这条旧裙子感兴趣。

当然我在问自己，是否要和莱文摊牌。从情感上看，我是不愿意的。我可能会指责他、怀疑他，他则会否认，我也只能是一个责备学生的老师而已。最好还是好好地监督他吧。

一天晚上，莱文毫无恶意地问我要安眠药的时候，我内心

---

[1] 植物名"银莲花"的意思。

的怀疑加深了。

"在你这个年龄，"我以阿姨的口吻说道，"这是不合适的。你如果两次没睡好觉，那第三次就会好多了。"

莱文丝毫不动声色。"严厉的赫拉，"他说，"总是为我的幸福和健康着想。我尽管对药物学没有多大好感，但一个人确实偶尔可以成为例外。"

我愤愤地说："如果你觉得需要安眠药，那你自己到大夫那里去开药吧。"

那天晚上，他显得格外高兴和专心，在我床上睡着了，我早上去上班时他还没醒过来。

因为莱文一直习惯于煲电话粥，我的电话常常摆在他的房间里。有天晚上，我想给多丽特打电话，自己得过去把电话拿过来。我站在莱文门口，听见他在说话。一听到"玛格特"的名字，我呆若木鸡地站着细听。

"律师？什么时候？"莱文激动地问。

我们下一次到维尔海姆拜访莱文的爷爷时，我很惊讶他显得那么健康和充满活力。他注射了一种新的强心剂，声称感觉自己像是获得了新生一样。莱文在房子里跑东跑西，仿佛在检查各个角落是否都正常似的。

这时，赫尔曼·格拉贝尔把我拉到一边。"他想和你结婚吗？"他问。

我顿时脸红了："您问他自己吧。"

"如果这个孩子受到一个有理智的女人严格管控，那对我是一种安慰。他有点儿放荡不羁。"

我点点头，恐怕看起来像一个恋人。

赫尔曼·格拉贝尔解释道："你稍稍想一下我的亡妻。那真叫我佩服。或许我要将我的遗嘱改成这样，即莱文只能在和你结婚时才能继承遗产。"

"最好别这样，格拉贝尔先生。您难道以为我希望在被迫的情况下结婚吗？"

此时他哈哈大笑："能稍做些手脚成全此事，毕竟没什么不好。我不向你许诺任何事，但我是一个喜欢从驾驭命运中找点儿乐子的老人。因为我老是更改遗嘱，我的律师认为我疯了，可我总是不断地冒出好主意来。当莱文把我的奔驰车变成一堆废铁时，我已经把他暂时列入继承最少份额遗产的人之中。"

他的手抓住我的手，发誓一般地握紧。那只手形状很漂亮，上面看得到许多棕色的老人斑。

"但愿您长命百岁，从更改遗嘱中找到很多乐子。"我稍带讥讽地说。可我的话并没有让他生气。

"我发现我们俩挺谈得来的。你觉得怎么样，如果我将我的第一个曾孙列为继承人的话？这样莱文肯定要匆匆忙忙和你结婚了。"

我觉得这完全是狡猾的想法，挺符合我的意图，但我还是婉言谢绝了他的好意。

对这次谈话，我并没有和莱文透露半句，曾孙这个话题让我很为难。另外，如果有一个聪明的爷爷为了我的利益驾驭命运，我觉得这个主意真不赖。

　　要是碰到有人有疑惑的时候，多丽特喜欢直截了当地说：别动。我的内心总是充满疑惑：我在我的那些男友那里展示保护以及真诚的情感，也包括一种百依百顺。我依赖于他们的感激、小小的甜言蜜语以及被利用的需求。多丽特不应该想到我遇到的总是错误的男人。

　　我坐在她家的厨房间里，谈到莱文如何用功读书，对他爷爷如何忠诚，尤其是我有多么幸福。多丽特仔细地倾听，一边清洗生菜、筛子和搁板，清理洗碗机里的碗碟。最后，号啕大哭的女儿冲了进来，多丽特终于坐了下来。看到眼前这一幕——一个得到安慰的温柔可爱的孩子，她的小手搂住妈妈的脖子——我又一次意识到自己究竟缺少什么。

　　"男人都是自私自利者，"多丽特说，"而我们总是逆来顺受，从而助长他们的这种个性。你婚前就开始这样，这是不聪明的。他只是因为想得到遗产才关心他的爷爷——我虽然并没有从你那里知道这一点，但我也有我的渠道——他对你好，是因为他希望得到你可以提供给他的一切。"

　　"你从哪儿知道遗产的事？"我问。

　　"这不是什么大秘密。格罗是维尔海姆人，知道赫尔曼·格拉贝尔这个老吝啬鬼的所有故事：他的工厂的没落、他的独生子一定要成为管风琴师的悲剧。"

　　多丽特的丈夫对他爷爷的情况简直无所不知，尤其是用金钱买来贵族头衔的风言风语。"非常有意思，"我说，"格罗到底还说过什么？"

"老头是个骗子，每星期一次打的去逛妓院。他的老婆为此很苦恼。尽管肯定是他致使老婆过早去世，现在却假惺惺地因为失去了她而感到悲伤。"

"那你们了解莱文的母亲吗？"

"一个吃亏的女人，或许她在第二次婚姻中会得到一些弥补。赫尔曼·格拉贝尔希望自己的儿子是一个成熟老练的小子，而不是一个羸弱易病的艺术家。儿媳妇应该赐给他很多孙子，可后来只生下了你的莱文，可能他将全部的希望都寄托在莱文身上了。另外，他从来没有考虑让莱文继承这家工厂，众所周知，这家企业早就卖掉了。"

"多丽特，你想跟莱文结婚吗？"

"不，我已经有格罗了。"

我们哈哈大笑。可然后她一如既往地说道："如果你无法肯定，那这件事就是错的。"

"哦，多丽特，你结婚早，脑子里装的全是不切实际的想法。生活中不是什么东西都是清清楚楚的，一切都有两面。可如果我看到你和你的孩子那种天伦之乐，那我就知道这同样是我想要的。"

"算了吧。"多丽特说完，将身上黏糊糊的眼泪汪汪的女儿从她的脖子里放下来，一把扔到我的怀里。萨拉虽然站住不动，但并没有像一个病快快的小猴子一样紧贴到我身上。

"再见了，多丽特，"我终于和她告别，将我带来的一盒安眠药偷偷塞给她，"向格罗问好，要是又有了有趣的新闻，叫他赶紧告诉我。"

在楼梯的地方我就听到电话铃声了。是玛格特打来的电话，很激动，要找莱文。

我说不知道莱文何时肯赏光过来呢，又问，是不是赫尔曼·格拉贝尔身体不好？

"我亲爱的夫人，"她说，我吓了一跳，"请您告诉他我家老头子回来了。"

莱文来了，我有点儿逗他玩地转告他消息："她父亲回来了。"

莱文摇摇头："她现在发神经了，恐怖片看得太多了。她的父亲不可能从坟墓里爬出来。"他突然产生了疑问，想弄清楚这个问题，"她真的说'父亲'了吗？"

"她说是她的老头子。"

他脸色煞白，敲着自己的脑袋："你完全误解了她的意思，那不是她的父亲，而是她的丈夫！"

"你说什么，她结婚了吗？"

"你说对了。"

"那之前她丈夫去哪儿了？"我预料到他可能蹲监狱去了。当然我想知道为什么。

"我不知道，这也跟我无关。"莱文撒谎道。然后他就进自己房间打电话去了。两分钟后，我悄悄地尾随在后，可只能偶尔听到"哦是吗"或者"肯定是的"这几个字。

玛格特目前住在赫尔曼·格拉贝尔家里一个单独辟出的小住房里，她难道要在那里给自己的罪犯丈夫提供栖身之所吗？

我是绝对不允许发生这种事的，天知道那是什么样的流氓在我们的别墅里游来荡去啊。我不禁起了一身鸡皮疙瘩。犯人、吸毒者以及精神病人的那一章节应该永远结束了。另外，我们也不能把她突然解雇，她至今没有犯过什么错，虽然要求增加工资，可她还是一个廉价的劳动力。

莱文相当激动地回来了："她很害怕。可我不知道如何帮她——你说怎么办？"

"她难道不能提出离婚吗？"

"或许她后来更加感觉到他的愤怒了。最好是她从经济上资助他，然后慢慢冷淡他。"

"你爷爷是否知道她已经结婚了？"

"不，他从不过问这种事。"

莱文在我的小客厅里不停地走来走去。我看得出他有心事。

"你真的把毒药扔了吗？"他问。

我无情地注视他："你找不到毒药了吗？"

想不到他已经有了心理准备："你以为我老是依赖于你的钱，我会舒服吗？老头子活着已经没有什么乐趣，他早晚就是个死。"

"请你表达得更清楚一些：你想用这个毒药干什么？"

"赫拉，你不是很清楚我的意思吗？我想到了一个完美的方法，我们就可以摆脱所有的烦恼。我们可以住在一个漂亮的房子里，我会在维尔海姆开设一家小诊所，可用不着累得死去活来，我可以有时间和金钱去旅行，去从事自己喜欢的业余爱好——这难道不是为了你吗？"

我感到惊愕。我吃力地说："一个美梦，它不用谋杀也可以实现。"

"以谋杀的名义。他心脏机能不健全，代偿失调，家庭大夫知道得很清楚，他随时都有可能死亡。"

"那你就等着吧。"

"我无法等下去了。我欠了一屁股债。"

那不是保时捷的问题，他说，玛格特的丈夫想要敲诈他。"如果得不到自己想要的，他想要干掉我。"

这要夺去我的生存基础了。莱文陷入了身败名裂的阴谋诡计之中，我不愿意和这样的丑事打交道。他出身于一个良好的家庭，是中产阶级大学生，也是我的第一个男友，和他结婚过日子似乎是可以想象的。我禁不住声泪俱下。

莱文抱住我，抚摸我并且亲吻我。当我终于想要从他那件被我哭得湿漉漉的衬衫中松开时，我看到他也显得不快乐。

"莱文，"我抽抽搭搭地说，"我们可以从头开始。我忘记你刚才说的所有的话，你把餐具和首饰还给你爷爷。"

"这样他就知道是我干的——他本来以为是玛格特之前那个保姆干的。"

"那就干脆承认，请求他的原谅吧！"

"他会剥夺我继承遗产的权利的。"

"不，他会原谅一个忏悔的罪人的。"

"绝不！可要是你坚持这一点的话……那些东西在哪儿？"

我站起来，从我的小首饰盒里找出那条带有青春艺术风格垂饰的金项链、那根涂上绿色瓷漆的手镯以及那枚蛇形胸针，然后从厨房间里拿出那把分肉用的大餐叉、那把切肉用的刀、那把吃鱼用的刀叉以及那些漂亮的茶匙。除了有几件东西我忘记之外，我把其他所有的一切都摆在莱文面前的桌子上。

"我奶奶的嫁妆，"他强调道，仿佛是第一次看到这一切似的，"这一切都是她的，不是我爷爷的。"

我把玩着那条项链，它和我那么相配，好像是一个热恋我的金匠特意为我订制似的。一个老人可以拿它们做什么呢？再说，假如他已经日复一日地习惯用一把破调羹和一把破叉子将就的话，那这些贵重的餐具对他又意味着什么呢？

于是我把这些宝贝重新收了起来。

5

父亲每次出差回来，总是给我带来一些小肥皂、沐浴露、有着宾馆抬头的信纸以及小盒包装的黄油。我也养成了习惯，家里存放着很多药剂师样品存货。我在这里的医院里每天也收集剩下的小包装的早餐和晚餐面包：软干酪、果酱、下午茶香肠，甚至包括苹果和香蕉。海尔特太太也会不声不响地将自己的猎物摆放在我的床头柜上。最近，鲍威尔将所有三个孩子带来了——来的时候已是晚上且相当晚了，但是我们住的是头等病房，因此规定的来访时间执行得没有那么严格，这时我可以将一大袋食品送给他们。

我们正好在喝黑茶。莱娜也想品尝一下，于是为了能够从那只杯口很粗的白色瓷器杯子里喝上一口，只好尽力张大自己的小嘴。海尔特太太对孩子们没有丝毫兴趣，马上翻开书看了起来。可惜那两个大孩子和他们的母亲非常相像，其实这种所谓的"可惜"和我的妒忌心有关，因为那两个孩子真的就像画里的孩子一样标致。那个最小的孩子我最喜欢，好在没法说他长得究竟像谁。

我的访客告辞时，夜还没很深。可海尔特太太几乎很不耐烦地说："今天我们可以稍微早点儿开始。也许我昨天睡着了，因为我不明白为什么玛格特的老公想要敲诈你的莱文……"

多年以前，莱文和迪特尔——玛格特的丈夫在希腊和土耳其边境被捕。警方在他们车里的暖气孔里发现有海洛因，汽车也同时被没收。他们约定，遇到这种情况时，迪特尔将独自承担全部责任，因为莱文知道一旦自己触犯法律，他继承爷爷的遗产权将最终被剥夺。作为补偿，莱文应该拿出钱，聘请名律师给他辩护，如果有可能的话，就支付一笔保证金，好让迪特尔被释放出来。可没有成功。赫尔曼·格拉贝尔不愿意拿出一分钱，也不相信莱文向他胡扯的这个故事：有一个陌生人救了他的命，为了保护他而和一群拦路抢劫者搏斗，结果因为身体伤害罪而锒铛入狱——毕竟只是因为正当防卫。"这个故事连你自己都不相信。"赫尔曼·格拉贝尔轻描淡写地说道。

迪特尔托人转告莱文，他（在一个土耳其监狱里被关押了两年之后）提出了一个高得吓人的补偿要求。大家不要认为他可以一直耐心地等待多少年，可以等到赫尔曼·格拉贝尔老死。

"你吸过毒吗？"我问。莱文予以否认。他说不过自己早在中学时代就稍稍贩过毒，后来就金盆洗手了。迪特尔要比他稍大，几乎是一名专家，但除了可卡因之外（而且仅仅在节假日时），其他什么他都没有吸过。

"那玛格特呢？"

"以前吸过，现在可能不吸了吧。我给她在爷爷家里找了份工作，好让迪特尔看到我的良苦用心。可我知道他对她不足以糊口的工资感到吃惊。"

这不是一份不足以糊口的工资，玛格特毕竟不是能干的女管家，而是一个相当无能的邋遢女人。可莱文和她之间并没有风流关系，我的心至少宽下来了。

"你爷爷的打算是，你必须通过国家考试才能继承他的遗产，"我说，"如果他现在死了，那就完全没有任何意义。"

"他还没有去公证过，"莱文说，"所以一切都必须马上进行。"

我绝望地寻找新的理由：“即便一个犯罪分子提出的金额你给了他，你也无法阻止他到其他地方进行敲诈勒索。"

"迪特尔可不是这样的人，"莱文反驳道，"在贩毒者中也有一部荣誉法典。他永远不会出卖我，他会把我打成残废。"

"把那辆保时捷卖了吧，"我向他提出建议，"如果你运气好，他会满意这笔收益的。"

"好吧，"他说，"看来你希望有一个让人感到心烦的丈夫。"

我已经快筋疲力尽了，粗声粗气地嘟哝道：“那你把毒药给这个可恶的迪特尔吃吧！"

莱文发出嘶嘶的嘘声。他提出了许多理由，最重要的一条是，他这种完美的方法在年轻人中起不了作用。此外，他似乎不再拼命地讨厌迪特尔，倒更愿意亲手让自己的爷爷破产。

我的想法却是完全相反。

正讲到这个高度爆炸性的地方时，我忧心忡忡地朝海尔特太太瞅去。她已经安然入睡，那我就可以毫不迟疑地继续讲下去了。

莱文终于向我透露了自己天才的计划，该计划中只考虑使用极微量的毒药丸。我不得不承认，这样就不会存在很大的风险。我作为同案犯被判刑的担心减轻了。可我始终无法迅速摆脱对自己的厌恶和自己道德方面的顾忌。虽然我想到一个患有心脏病的老人不可能活得很久，但谁也不拥有像莱文和他爷爷说的那种"驾驭一点儿命运"的权利。

莱文开始了其他思考："他不会遭受任何痛苦，几秒钟之后就会一命呜呼，家庭大夫早就料到他有这么一天，会马上出具死亡证明，不会想到非自然死亡问题。此外，我认识他的大夫，他已人到中年……当然，这事不应该发生在周末，因为否则就会叫来一个陌生大夫，我们无法预料他会有怎样的反应。"

我不得不想到来自我亲朋好友圈子里的那些人，他们希望自己很快死去：昏倒死去，不用上医院，不用插上管子和仪器。和长达几个月地受尽折磨相比，难道赫尔曼·格拉贝尔不希望自己没有痛苦地死去吗？

"那玛格特呢？要是她发觉有情况的话？"

"哦，她呀！不用担心，她的天赋不在知识领域。她知道他有心脏病，如果她发现尸体，她会大喊大叫，然后打电话给大夫，以为本来就该如此。"

"可她的丈夫呢？假如你爷爷死在一个如此合适的时刻，迪特尔难道不会发觉有问题吗？玛格特究竟为什么要怕他呢？"

"她有足够的理由感到害怕。她不仅和他最好的朋友，而且也和他的哥哥有不正当关系。迪特尔全都知道。可我爷爷是怎么死的他无所谓，他要的是钱，然后我们就谁也不欠谁的了。"

对我来说，当我们一起研究各种不同的试管毒药时，这始终仅仅是一种想象的试验罢了。当我不知道具体情况时，莱文就查阅医学手册，然后做出他的选择。

"这个毒药是否有效力呢？"他问，"也许还是先测试一下比较好。"他将目光落到了帖木儿身上。

我有点儿控制不住自己了，可他马上说道："开开玩笑而已。"

"制作空洞标本之后，我要准备一个临时性的补牙填料。"他给我讲授道。

尽管我知道是什么意思，但我还是问道（因为我喜欢看到莱文作为科学家出现在我的面前）："什么叫空洞？"

"牙齿硬化材料中有缺陷。"莱文说，感觉自己很受用，他好几个学期学的牙科知识终于派上用场了。

我的目光落在一张漂亮照片上，它就挂在厨房间里，那上面是他爷爷的别墅。这张沉默的照片要比他那些巧妙的辩护词向我证明得更多：我应该住到那里去，而不是住在一套没有阳台和院子的出租房子里。多丽特的新房（比计划中的更贵）完全无法和它媲美。

"只是一次踩点。"莱文说道，那是一个星期四的晚上，我们开着那辆敞篷车到维尔海姆去，因为保时捷实在太过招摇了。

赫尔曼·格拉贝尔习惯早睡晚起。他在躺着看电视节目，因为耳背得厉害，只能借助耳机收看。其优点是，他听不到房子里的其他声响，除非是炸弹发出爆炸声。他不担心有入室盗窃者，因为所有的股票和金钱他都存放在银行保险箱了。

房子里的陈设面目可憎，显得怪异而沉重。布满尘埃的丝绒门帘，雕花的栎木橱柜，变成黑色的镶板。老人家可能既不会去碰一碰银首饰盒，也不去看一看妻子的人物肖像瓷器，因为他不喜欢这些容易积尘的装饰物。

莱文自然有他爷爷家里的钥匙。"我要到地下室里去焊接点儿东西。"他和玛格特解释道，因为赫尔曼·格拉贝尔在那里有一个车间，尽管很老式，但装备精良。她好奇地盯着莱文夹在腋下的那台车载收音机看。

我和玛格特正在厨房间里为他爷爷准备饭菜时，莱文从汽车里拿来了"玫瑰钻头"。这把二手的手摇钻是他很久以前买的。

他轻手轻脚地走上楼梯，从那只小盘子里拿出赫尔曼·格拉贝尔的整副假牙，因为他知道，他爷爷只是每周一次——周六，即便他也习惯常常沐浴——将全副假牙放进加上了清洗药丸的水里清洗。像今天这样的工作日，假牙是不清洗的，夜里就直接存放在浴室间暖气片上的那只盘子里。

莱文用他的专用钻头在磨牙部分的两只假牙上钻出一个个微孔来，但这些微孔大到足以吸收到毒药。在嵌入了规定剂量之后，他在上面埋设一个临时的薄如蝉翼的空化栓塞，只要一接触口水，它就会马上溶解。

莱文做完这一切，重新将假牙放回原来的水果盘子里，又把钻头和收音机重新装进车里去。他回到厨房间里，给人一种如释重负的印象。

"收音机又可以用了。"莱文对玛格特说，"你有迪特尔的消息吗？"

"没有。"

"那就是说他每天都有可能站在门口吗？"莱文问。

"那就看看会出什么傻事吧！"她说。

我们解释说准备还要去看场电影，就和他们告辞了。

在海德堡，为了碰到更多的人，我们沿着大马路走——这一点很容易做到，在剧院广场喝了一杯浓咖啡，有点儿不准时地观看夜场电影，好让别人注意到我们的到来。

直到看完电影——我根本想不起来看的是什么电影——莱文才告诉我，我们的这次拜访别墅绝不是一次正式演出前的彩排活动。我在马路中央突然痛哭流涕起来。

那天夜里，我们一起在我的床上睡觉，却受双方辗转反侧的困扰而难以入眠。突然，我起床，穿上衣服。"过来，莱文，我们这就再过去一次，取消所有的一切！"我吩咐道。可我禁不住他翻来覆去的甜言蜜语，加上又困又乏，最终还是放弃了。

八点，我必须去药房上班，莱文答应一旦从维尔海姆获得消息，将马上打电话给我。他起来稍晚，带着那只猫咪到院子里遛了一圈，去开了信箱，取回一份报纸，之后还要想方设法地和邻居们互相问候致意。

"您病了，赫拉，"我的女上司说，"我从您的脸色看得出来。"

我向她保证说，只是这两天来例假了，所以脸色看起来很苍白。我说这句话时呛住了，就像一个哮喘病人发出难听的呼噜声。

我的上司不同意地摇摇头。"您还是回家吧，"她建议道，"如果女药剂师把病菌传给了顾客，那不会给他们留下好印象。"

"真的没什么。"我发誓般地说，"如果您这边没问题，我可以到里面房间躺下休息十分钟。"

我悄悄地在里面化妆，慢慢消磨了这段时光。现在差不多十一点了。难道是经过多年之后毒药失去效力了吗？我迫切地希望是这样。

就在我面色红润地重新回到柜台时，电话响了。莱文生硬地说道："很遗憾我必须告诉你一个很悲伤的消息，我爷爷去世了。可能我过会儿再跟你联系吧，我现在得马上到维尔海姆去。"

我同样生硬地说话，因为我的上司在侧耳倾听。"我的上帝，我真的很遗憾！是什么时候发生的事？是那个女管家给你打电话的吗？"

"不，是大夫本人。再见。"

"出事了吗？"好奇的女上司问我。

我点点头："我男友的爷爷去世了。不过他老弱多病，可以想到会有那么一天。"

"您想早点儿走吗？"她问。

"谢谢，不过没这个必要。"

整整一天莱文再也没有打电话过来。我干活时老是犯错，有时不知道把药物放到哪儿去了，或者忘记把药品派发给病人了。我没有提早一分钟，依然准点下班后离开药房。

房子里空无一人。八点，终于电话响了。我奔到电话机前，是多丽特打来的。"你知道你有一个富得冒油的男朋友吗？"她毫无孝顺之心地问道，"今天他爷爷死了。"

"你怎么知道这个消息的？"我故意拖长声调问。

"是格罗说的。男人才是喜欢搬弄是非的长舌妇。老格拉贝尔的邻居看到了运尸车……那个人是格罗的同事……嗯，那么说，你们要搬到维尔海姆的别墅去，然后为工地噪音发愁吗？"

"你别问我太多了。"我态度生硬地说。我想留出电话线路给莱文。

"我今天买了一件丝绸运动上衣，"多丽特说，"你猜猜我买的是什么颜色！粉红色！"

我不想听她闲扯，说了声抱歉把电话挂了。我还不如去冲个淋浴呢，我身上已经汗流浃背了。可电话完全有可能在热水流到我身上的时候响起。那时候我根本没想到莱文会打来电话，而是心想该是警察告诉我他被拘捕的消息吧。

八点半，我终于听到保时捷的声音。我冲到大门口，汽车的挡泥板上撞出了一个很明显的凹坑。莱文从前座拿出好几只塑料袋，递给我一只，迷人地说道："闭上嘴，关上门！一切顺利！"

我们一到房间，我就失去了镇静。

可莱文只是哈哈一笑："你马上可以看到，等待不是徒劳无益的！"他打开香槟酒，打开我最喜欢吃的色拉，打开新鲜的虾、外国水果以及松脆的酥皮点心。"你难道肚子不饿吗？"

我的脑子里一点儿想吃的念头都没有，可看到眼下这一幕，不知不觉就有了胃口。尽管如此，我还是问他上哪儿去闲逛了。

"哪能闲逛啊，"莱文为自己辩解，"我一直在干活。"

我一边拿来盘子，将饭菜一一摆好，他一边跟我介绍：玛格特今天上午十点准备好了早餐。赫尔曼·格拉贝尔觉得味道很好，然后像往常一样边喝咖啡边看报纸。等到这一切结束，玛格特出去购物。半小时后回来，她发现死者安详地躺在自己的书桌前，他玩的扑克牌从手里掉了下来。玛格特说他身上还有体温，可她吓得张口结舌。她立即给施耐德大夫打电话。大夫看到已经无能为力，签发了死亡证明，然后打电话给莱文。莱文赶到维尔海姆，在大门口碰到了哭天抹泪的玛格特。她说是她的错，爷爷不该喝浓咖啡。莱文给她放假一天。

"那你都在干了些什么？"

"我不是说过我一直在干活吗？但这是值得的！"

我不是完全明白莱文的意思，可他将满满一调羹的虾塞进我的嘴里，脸上布满喜色。他第二次给自己的杯子倒满香槟酒："干杯，赫拉，为了那些醉醺醺的时光！"

他打开另一个袋子，从里面翻出一只珍宝盒。"我想黄金托帕石和你棕色眼睛很相配。"然后他又从袋子里拿出给自己的丝绸衬衫、给我的丝绸女衬衣，又拿出鞋子、香水和一只地球仪。

他花了很多时间，才打开赫尔曼·格拉贝尔的保险箱。莱文猜测爷爷家里还有一些现金。这只保险箱式样普通，没有钥匙，只设了一个密码。可里面没有什么特别的东西——一些证件、宾客签名留念纪念册以及不同的定期存款的银行通知等，可是没有大金额的存款。

莱文现在有针对性地搜索卧室，因为他相信这里肯定可以发掘出珍宝来。但过了好几个小时之后他才有了进展。"老头可不笨，"他赞许地说道，"除了我，恐怕谁也找不到这个藏匿之处。"有一根细绳就挂在壁炉的一个通风口上。莱文揭开裱糊纸盖，将铰链往上拉：那是一只塑料袋，里面装了好几千块钱。这当然不是什么值得大张旗鼓庆祝的遗产，但至少是为即将来临的快乐给出的一点儿预支款。接着，莱文预订了殡仪馆，落实了葬礼的一切事宜，之后试图联系律师，可惜联系不上。刚好在商店关门之前，他采购了一些东西。

此刻我再也无法克制自己。我像一只被铁链锁上的警犬一样大哭一场，好似一块湿抹布一样紧贴在莱文身上。

他抚摸我："真的挺好，现在达到了所有目的。来，你躺下睡觉吧，你急需睡眠。我还得熬夜，制订计划呢。"

我洗了一个可以让自己放松的芳香浴，又服用了几粒缬草药丸，渐渐进入了梦境一般朦朦胧胧的状态。"从明天开始我不再服用避孕药了。"我想道，"而且这枚戒指也很能说明问题，至少莱文没有从他爷爷那里遗传到吝啬的毛病，但愿他的钟摆没有朝相反方向偏转……我还得稍稍给他点拨一下……"

第二天早上，我去上班，莱文则到维尔海姆去。从秘密藏匿之处找到的钱他差不多已经花光了。

应该把玛格特辞掉吗？暂时不用，莱文首先反对这么做，别墅有人居住更好。我们想在整体装修之后搬进去。再说，这栋房子已经大到足够可以在底楼开设一家牙科诊所了，这要在改建前事先考虑周全。我的心总算安定了，莱文计划得如此理智，而且并没有马上再想购买一辆汽车。此外，车上的凹坑从哪儿来的呢？他回应说，我不必为此激动，谁也没有看到这一幕。

莱文激动不安地等待着公证人约定的日期。到那时为止他完全不知道自己究竟可以拿到多少钱，是否遗嘱会包含某一个可恶的附加条款。他向我保证说，至少这栋别墅值十辆保时捷的价钱，因为这就是莱文的货币。

那个闷闷不乐的公证人把人搞得很紧张。遗嘱实际上已经被修改过十二次，他说，最新的版本是两周前的，他自己也不知道内容。莱文脸色煞白。可遗嘱里压根儿就没提到国家考试的事。莱文得到的是有价证券，它们可能抵消他的最少份额遗产。那栋别墅和绝大部分的股票由我——赫拉·默尔曼继承，只要我半年内和莱文结为夫妇的话。我当然可以拒绝接受遗产和婚姻，如果是这种情况，那么财产悉数转归红十字会所有。

莱文用了好长时间，才真正听明白公证人传递的信息。

他终于开窍了，一骨碌跳起来，吼道："这个大家不是都看出来了吗，老头子脑子不正常了！这不全是胡扯吗——一个陌生女人拿到所有的钱！能不能在他死后宣布他的遗嘱无效吗？"

我心里刚萌生的一点点儿自信和快乐的兴奋烟消云散。我可没想过夺走他的钱。

"宣布他的遗嘱无效……"公证人拉长声调回答道，"总有对遗嘱不满意的亲属尝试这样的事，偶尔也有取得成功的先例。但像您爷爷这种情况，我不认为有机会，可以这么说，他一直到最后依然精力充沛，而且我们可以找到很多证人。"

莱文重新站稳身子。"这个起不了多大作用，"他说，好不容易控制住自己的情绪，"我和我的未婚妻反正马上就要结婚了。"

"那么说，任何东西都无法阻止你们幸福的结局啰。"公证人充满妒忌地说道，假惺惺地对我微微一笑。我既没有回报以微笑，也没有证实莱文的说法。我感到深受侮辱。

6

"您昨晚睡得好吗？"第二天早上我问海尔特太太，因为她脸色看起来既疲惫又狡猾。

她做了一个可怕的噩梦，她回答，或许是满月惹的祸吧。

"您梦见什么了？"我忐忑不安地问。

"我在梦里枪杀了一名警察。"

想不到一个干瘪的老女人竟然用一把手枪对一名警察下手，我不禁微笑起来。"我们到朋友那里打听一下，究竟这表示什么意思。"我建议道。

可她只是问："您从没有做过这种梦吗？"

我有点儿过猛地摇摇头。

"我想到了您同学的事情，"她继续道，"这样的事一个人一生中都无法摆脱掉。"

不过她这话说得对。

和我不同的是，海尔特太太已经多次住过医院。早在几年前，她就做过肠切除手术，她坚持认为，癌症已经彻底消除。但她还没有做过组织诊断，我想大夫是不会欺骗她的。要是人们看到她这副样子，瘦骨嶙峋、脸色苍白以及食欲不振，那么在一个外行看来，这种预测就很阴森可怕了。

"我昨天讲到哪儿了？"我问，目的是想测试她一下。

她显得很尴尬。"我想是在给他爷爷准备饭菜吧，"她说，"可能那时我已经睡着了。自从有了微波炉之后，我就最终放弃烹饪……"

"那好吧，"我说，"爷爷死了。"

赫尔曼·格拉贝尔之死让我想起了我的爷爷。我之所以选择我现在的这个职业，恐怕就是想要努力效仿他吧。否则的话，我或许就是一名社工、一名心理学者或者一名大夫，一个幼儿园老师或者一名护士——还好我不是这样的人，要不然我自己肯定是一个毫无指望的人。作为药剂师我虽然也在和受尽折磨的人打交道，但许多人不会每次都要倾诉完自己的烦恼才离开药房。

我爷爷外表出众，一头银发，他是一名族长，赢得了大家的普遍尊重和尊敬。和赫尔曼·格拉贝尔一样，他也有一大笔财富，可和莱文不同的是，我很眷恋我爷爷，每当和帖木儿一同分享爷爷的椅子时，我都会亲切地想起他来。倘若有人想到杀死我爷爷的念头，我一定会记恨他一辈子。

在莱文以如此无礼的方式对待他爷爷的遗嘱之后，我对他的感情渐渐冷淡了下来。从公证人那里出来，在回家的路上，他问道："竟然有这种事？你为什么不发一声？你完全有理由高兴：作为局外人你赢得了这场游戏。"

我既没有认为我们的行为是一场游戏，也没有感觉自己是一个胜利者。"我亲爱的天鹅，"我想道，"你不可能如此轻松地赢得我的芳心。"

他当然马上问我们何时举行婚礼。

"不知道。"我冷冷地回答。

"从理论上说，我们有半年时间，"莱文说，"但迪特尔明天就可能出现，因此这件事很急。"

"为什么很急？"我问，"如果你把股票或者保时捷卖了，你可以还钱给他。"

他嘴巴张开着注视我。

"那就是这样了，"他说，"我付钱给人家，你却是舒舒服服地拿我的钱享受。"

"结婚之前我拿不到一分钱，"我解释道，"这个你知道得很清楚。而且你恐怕也知道，我并没有热衷金钱，正如魔鬼不会盯住穷人一样。"

莱文打量我，仿佛在打量一只长着两只头角的小牛。"那就是说，你不想和我一起生活，想让遗产打水漂吗？我们完全可以离婚啊，毕竟要是所有的一切被红十字会拿走，那可就太悲催了。"

"我对红十字会没有什么反对意见。"我回击道。

莱文哈哈大笑："你在开威严的玩笑。"他说完抓住我的手，我僵硬地一动不动。"别亲陌生女人。"我警告他。

此刻他明白过来了。"一周后我们结婚！"他非常轻浮地提出建议，可我固执地不理睬他。

接下来的几天时间，我们彼此打冷战。我们双方都在期待有人主动提议和平。

顺便提一下，那个大名鼎鼎的迪特尔也并没有出现在我们的视线中。我有时怀疑他究竟是不是真的存在，尽管玛格特曾经激动地谈到他回来的消息。有一次，我甚至动了怀疑的念头，一定是莱文和玛格特杜撰了这个幽灵。可是我摈弃了这个想法，因为莱文永远不可能和一个蠢婆娘一起合谋。此外，他虽然人很轻浮，但并不是阴谋家。

莱文终于做出了妥协。虽然我的敞篷车就停在药房门口，但他还是开着保时捷过来接我，并且建议和我真正奢侈地享受一顿美餐。

"你是想马上花光你的钱吗？"我问。

他不动声色，可我知道，提勤俭节约的字眼会让他恼火。"我们还没有庆祝过我们的订婚呢。"他说。

我想先回家一趟，冲一下澡，换上衣服。

我们终于坐在饭店里时，在经过劳顿的一天之后，我筋疲力尽地瘫坐在柔软的椅子坐垫上，喝着葡萄酒，摆脱了我的发愣。

莱文把这事策划得很聪明。几杯酒下肚——或许是比我所能承受的极限多喝了两杯吧——他冷静地问道："你最想要的是什么？"

"一个孩子。"

次日，我们请教会公布结婚预告。那是周六，我不上班，可不想和莱文一起购物，而是想在家里打扫卫生。是不是我们马上雇用一名清洁女工呢？

门铃响起。我猜是多丽特。我觉得她来得不是时候。如果她到这里来，我们又得好几个小时谈男人和孩子。

可门口站着的不是多丽特，而是一个身材魁梧的男人。"莱文·格拉贝尔住在这里吗？"他有点儿犹豫不决地问，尽管那上面的姓名牌上可以看得很清楚。

我说不知道莱文何时回来，可尽管如此，他还是想等莱文。

"我的名字是迪特尔·克罗斯曼斯基。"

我吓了一大跳。

迪特尔似乎觉察到了这一点："如果您介意的话，我今天晚上再过来。"

"嗯，"我想道，"他发觉我知道他是谁了，而且相信我对释放的刑事囚犯有偏见。"

于是，我和气地请他进来，领他到了莱文的房间，给他一份报纸和一瓶啤酒。我让那扇门敞开着。我有点儿担心，怕迪特尔把莱文的东西翻个底朝天。我拿着抹布果断地踏进房间，说了声抱歉，在迪特尔的房间四周擦拭起来。我们彼此用眼睛的余光观察对方。我以假惺惺的和蔼可亲的口吻问道，是否他来自海德堡。

"不，可我以前在这里生活过。我的家人来自东德。"

和玛格特不同的是，迪特尔说的是标准德语，玛格特永远无法否认自己是本地人。他真的是她丈夫吗？我边擦拭，边愉快而善意地问道："您和莱文一起读过大学吗？"

"这个没有，"迪特尔同样和善地回答道，"但我们有过几次同行之旅。"

此刻我们快要接近事实真相了。迪特尔似乎在思考，我究竟是一个临时女友还是固定女友，是否我了解莱文的过去。

我对他以礼相待。"我和莱文马上就要结婚了。"我说。

"那可以推断莱文已经完成学业了吗？"

"差不太多，马上就可以完成了。"

"他爷爷还活着吗？"

真是一个棘手的问题，可是在这方面扮演无知者的角色没有意义。"他刚刚去世。"

"哦，那莱文肯定很有钱，我真感到奇怪，他竟然会满足于住在仅有一个房间的屋子里。"

"他是想摸我的底呢，"我愤怒地想，我要让他断了这个念头。"遗嘱只有经遗嘱检验法院批准后才能有效，"我说，"这可不是一朝一夕的事。"

他并没有对此发表自己的看法，而是突然说道："我有点儿不舒服，可否躺下休息会儿？如果我在莱文的床上休息一下，他肯定不会反对的。"

我不乐意地看到他脱下鞋子（至少），并且一副无拘无束的样子。他袜子那薄薄的地方仅仅被那个尼龙骨架束紧了。我忐忐不安地走了出去，给门留了一条很大的缝。

我早就把整个家擦得干净明亮，可莱文却始终没有回来，而迪特尔则一直在睡他的觉。我蹑手蹑脚地走到他的床侧打量他。他并不是我心目中那种贩毒分子的形象。他看起来不像个罪犯，他上身穿着格子衬衫，下身穿灯芯绒裤子，让我更多地想到他是一个英国大学生或者是威斯特法伦的土地测量员。他的脸上显出极度的疲劳。完全是一张聪明的面孔，如果让我说实话，这张脸我是绝对不会讨厌的。只是他怎么会喜欢上玛格特的呢？而激起我同情的是，他左手拇指的指甲变弯曲了。我对这个沉睡中的男人有了某种怜悯之心的情感，马上从我的房间里拿了一条羊毛毯盖在他身上。

莱文出去买好吃的东西了，因此不会太晚回家。我听到汽车声，轻手轻脚地走到门口，在他将钥匙插进锁孔之前我打开门，将食指放到嘴唇上示意他别出声，悄悄地说道："他在这里！"

"谁？"莱文问，声音太大。

我又一次向他示意小点儿声，然后带他到自己的床边。莱文不相信地看着自己的伙伴，然后跟着我来到厨房间。我那勇敢的男友神情烦躁，用手指来回触摸着香烟，问我们刚才都谈了些什么。

"别担心，他温柔得像一头小绵羊。"我说，"可我不得不告诉他你爷爷死了，他本来就有可能知道这事了。"

莱文被激怒了："那我们现在拿他怎么办？"

"让他睡个够，和他一起吃饭，陪他到宫殿花园兜一圈。"
我建议道。

莱文瞪大眼睛看着我："谁会想到，你好酷啊，竟然可以充当一个歹徒的好新娘。"

我没说自己是这样的角色，一个人开始做饭，莱文忐忑不安地来回走动让我心烦。为了治疗他的急躁情绪，我让他削苹果。莱文抓住那把最锋利的刀，马上就把手指割破了。就在我为他包扎上绷带的时候，我们的客人——穿上了袜子——突然站在我们面前。一看到流血，他脸色苍白地背转身去。我把桌子擦干净。

迪特尔重新挨近我们。"嗨，老瑞典人，"他说，用力敲着莱文的后背——敲得太用力了吗？"玛格特不再住在海德堡壕沟巷的那个洛蕾家了吗？"

莱文避不作答："只要没人打搅，赫拉就是一个好厨师。来，我们喝一杯开胃酒。"

我在兔子肉里放上去皮葡萄、苹果片以及苹果白兰地搁到平底锅上焖着烧的时候，两个人消失不见了。没有一句话钻入我的耳朵里。

半小时后，我请他们入席用餐，发觉两个人心情极好，既看不出行动上有什么争执，也看不出言语上有任何不和。

我烧的兔子味道不错，他们夸奖我菜做得好。我们聊起时事政治、小道消息以及烹饪方法。后来，迪特尔突然站起来说："把你的车给我，明天还给你。"

我对这个要求感到无所适从，不能想象莱文竟然从手里拿出那把保时捷的钥匙。他只是稍稍动了动嘴角，说道："我可以开车送你。"

"谢谢你的好意，但绝对没必要，"迪特尔说，"你比我喝得还多。"

这话自然没错。莱文给了他钥匙："你应该知道车停在哪儿。"

他前脚刚走，我就问道："他开车到玛格特那里去吗？他会揍她吗？他问你要价多少？"

莱文打着哈欠："宝贝，你或许已经注意到了，他已经弃恶从善。我们相处很好，他也不会伤玛格特一根毫毛。"

"那你欠他的钱怎么说？"

"可以等，"莱文说，"顺便说一声，他将是我们的证婚人。"

这一点令我不快，因为如果是这样，玛格特好歹也要出现在我们的婚礼现场了。我已经邀请了我的父母（我很少去看望他们）和我的哥哥，当然也邀请了几个好朋友和我的女上司。我本来希望多丽特和格罗做我们的证婚人，现在证婚人已经变成了多丽特和迪特尔。我的父母多年来对我的问题情人们一向很反感，如今他们的女儿要跟一个有着可观遗产、门第相当并且受过大学教育的人喜结良缘，他们终于可以感到心满意足了。假如玛格特一出现，那好印象肯定要大打折扣了。

莱文对这样的疑问一笑了之："我真的从来没有想到，你竟然会如此自命清高！可是你对迪特尔看来没有什么可以反对的吧？"

我没有发表意见。可我不得不承认，迪特尔或许比莱文更能给一个毫无成见的观察者留下良好的印象。"迪特尔多大了？他有工作吗？"我问道。

"大约三十五岁吧，他也学过点儿东西，保险商，我想是。是一个聪明的年轻人，会说好几种语言。"

"那一个如此聪明的年轻人为什么要以贩毒作为职业呢？"

"这个问题提得好。可是为了赚到钱，又有什么不能做的呢？"

我想将我的试管毒药存放到一个新地方，若是再让莱文这种鲁莽冲动的人用上这种东西，那可就不好了。我在寻找一个安全的藏匿之处时想到，为什么我的爷爷将如此致命的毒药储藏起来呢？这种毒药显然来自英国，正如我对莱文耍花招说的那样，这样的玩意儿绝不属于药房里的标配产品。是否这件事和爷爷在第三帝国牵涉的那些事情有关联，我的家人才一直对此讳莫如深呢？我把毒药放到一只旧花盆里，将泥土倾倒在上面，然后把花盆连同我当时阳台上的其他物件一起放到地下室去。

婚礼日渐临近。我很激动，每天有那么多的事情要考虑。我该穿什么衣服？多丽特和我一起买了一套淡黄色的亚麻布女服。她建议将粉红色的百叶蔷薇、百合和勿忘我配成一束花戴上。可我觉得这样我就显得太苍白了。

莱文脑子里有了其他想法。"你也一起去，"大喜之日来临前三天，他说道，"我们到维尔海姆去，我认识那里的一个建筑师。我们得及时考虑如何装修房子。"

自从赫尔曼·格拉贝尔去世后，我这是第一次到别墅去。底楼几个大房间，以前没有人使用过，显得光线阴暗，可现在突然之间完全变了模样：迪特尔和玛格特把很沉的黑色家具挪动了位置，他们在那里就像主人一样随便。玛格特显然已从她那个地下室的房间搬到了这些体面的房间里。看到这一幕，我的心里感觉很不舒服。

　　那位建筑师提出了建议，可以让老房子既能旧貌换新颜，又能丝毫不让它破相。我想搭建一间暖房。可在开始动工前，必须想清楚是否底楼要做诊所使用，因为如果是这样，那就得准备一个单独的入口。莱文说得含糊其词，说自己还没考虑好。

　　建筑师一走，迪特尔从赫尔曼·格拉贝尔的地下室里拿来葡萄酒。他是我们的证婚人，我们彼此间终于得用"你"称呼了。他向我举杯："为你干杯，赫拉！"

　　这下把我难倒了。我现在跟玛格特也得用"你"称呼了，而在此之前我一直让她称呼我为"默尔曼太太"。我很恼怒，痛骂自己，毕竟我一直因为父母的傲慢指责过他们。

　　"我完全受不了了，"我在回去的路上对莱文说，"你的人占了维尔海姆的房子，我的父母和你的母亲本来应该住在那里的。"

　　"我根本联系不上我母亲。"莱文说。

　　听到这句话，我感到更不满意了，本来就应该双方父母到场啊。我换了个话题："你能给我解释一下迪特尔为何偏偏娶了这个蠢女人吗？"

“千万别小看这个蠢女人。她曾经帮助他虎口脱险。”

　　“正因为如此，所以才不能和这种人结婚呢。他们根本就不般配。”

　　“你从哪儿知道这个的？”莱文问道。

7

"难道您真的那么笨，嫁给了这个无赖吗？"海尔特问，"如果回答'是'，那请您跳开婚礼这一章，跟我说说您后来如何成功地和他离婚的吧。"

看来她最后一次是专心听讲了。可婚礼很重要，我根本无法一跳而过。

我们的谈话被大夫查房中断了。凯撒博士以空前不得体的动作又一次掀开海尔特太太的被子和长睡衣，检查她的伤疤情况。他似乎很满意，在她肚子周围松垮的被子上稍稍压了压，然后问她更年期里是否服用过激素。

"动过结肠手术之后，海尔特太太不宜服用激素药物。"病房护士说，然后抬起眼睛仰望天空，因为大夫忘记说这个了。他只是将他的大手递给我，说做 B 超时马上还要见到我。

直到晚上我才有了必不可少的安宁，好继续我的人生故事，让海尔特太太从中寻找到快乐。

在婚礼筹备工作中，多丽特证明自己不仅仅是一个真正的朋友。她在组织方面帮助我，预订宾馆房间，考虑使用怎样的桌子装饰物，出主意给我们共同的朋友挑选合适的礼物。莱文对这些东西缺乏兴趣，但他到施威辛根的宫殿饭店和主厨商量，准备奉上丰盛的婚宴。

在我们大喜日子的前一天，我重新坐在多丽特的厨房间里，在一只加上刺激循环的香精的水桶里冷却自己疲惫的双脚。在那个时刻，我对她怀有极大的好感，因此我——并非故意地——谈到那笔巨额遗产马上成为我的财产而不是莱文的财产。她竖起耳朵仔细倾听。她让我保证千万别将我的财产全权交给莱文。她相信他会在一年之内将所有的一切财产挥霍精光。

我有点儿支支吾吾起来："多丽特，可他一定会问我要的。而我从来就不是一个唯物主义者……"

她嘲弄地说道："我知道，我知道，对你来说只有内在的价值才最重要。可是老人忽然觉得必须有个人盯住这个亲爱的莱文。他信任你，否则不会起草一份有利于你的遗嘱。"

我不得不认为她说得对，向她保证一定会小心行事。

我哥携妻带子从南方过来，我父母从北方赶来。他们到家时，莱文不在。他想给我和他们单独相处的机会。我从父母的表情上猜出他们依然对根本不认识的未来女婿怀有成见。

我母亲提出了一个标准问题："他爸曾经是干什么工作的？"

"管风琴师。"

"你提到过遗产的事，是教会的钞票吗？"

"遗产来自他的爷爷。"有"多少钱"的问题写在我父母的脸上，可他们太聪明，自然不愿说出来。

我父亲以审视的目光在我们的屋子里转了一圈，仔细检查是否干净有序。他连问都不问一声，就直接到莱文的房间里去看个究竟。终于他张开嘴巴问道："他多大年纪？"

"二十七岁。"他叹息了一声，他宁愿希望自己的女婿三十七岁。尽管二十多年前他就习惯不再往茶水里加糖，却仍然不停地搅动自己的茶杯。

好在我哥博勃带来了一股清新的风。他无聊的妻子和小孩待在宾馆里，我一直有种她不愿接纳我的感觉。博勃拥抱我和我们的父母，很高兴得到我们结婚的喜讯。

让我如释重负的是，莱文一来，大家开始谈论一些中性的话题，我们上了车。

我的父母以可疑而戒备的神情打量他们的女婿，可一时又找不出任何反对他的原则性意见。我也第一次发觉，莱文最上面三个衬衫纽扣始终是开着的。那天晚上一派宁静祥和的景象，我的家人也早早地回到宾馆睡觉去了。

婚礼那天，阳光灿烂，父母心情也不错。母亲满怀密谋一样的脸色拉着我到了厨房，送给我十二条雪白的宾馆浴巾。这十二块浴巾是从父母结婚后父亲邀请母亲同行的十二次出差时拿回来的。

在一次稍显油腻的早餐之后（是肥胖的母亲和干瘦的嫂子做的），那两个证婚人过来接我们。多丽特和迪特尔两人显得既庄严又和善，让我感到自己在父母亲面前不会丢脸。此外，他们对多丽特并不陌生，他们觉得她对我产生了良好的影响。在户籍登记处举行结婚仪式之后，我们大家重新相聚在宫殿咖啡馆。我自以为很漂亮，穿的服装和我很般配，父亲亲自将他祖母留下来的宝石首饰——一条含有六排磨光珍珠的项链挂到我的脖子上，这是早就令我魂牵梦萦的礼物。

可后来，我一下子从高空坠入深渊。我看到了玛格特，心里很恐惧。她就是那个料理赫尔曼·格拉贝尔的家务不怎么在行的令人讨厌的女人吗？在我面前站着一个年轻女子，她穿着一条黑色连衣裙，上面是透明的，后面直至臀部是开着袒领的。在这样的场合穿这样的衣服完全不合适，而且肯定是用我的钱买的。面对这个穿着暴露、不上台面的下三烂女人，许多男人也在好奇地问："这人是谁呀？"

还好，玛格特吃饭时离我很远。可我哥马上将目光转移到她身上，似乎觉得很好笑。

赫尔曼·格拉贝尔那个老家庭大夫——施耐德博士坐在我的女上司（穿着猕猴桃色的非洲旅行连衣裙）旁边。是莱文把他请来的。和未来的同行保持良好关系，这一点并没有错。我对此没有什么好反对的。维尔海姆的其他绅士们也出席了。毕竟我们想马上到那里去居住，莱文总有一天要开设自己的诊所。

咖啡茶点之后，伴舞乐队来了。莱文迄今还从未和我跳过舞，因为据说他对舞艺不在行。乐队是迪特尔请来的，是送给我们婚礼的礼物，我起先很高兴，我喜欢跳舞，没有圆舞曲的婚礼简直是无法想象的。

因为莱文没有想到要站起来，父亲便请我跳舞，根据普遍适用的规则这也是可以接受的。证婚人迪特尔和多丽特来到舞池中，其他人也跟着来了。父亲舞跳得很棒，我竟然一点儿都不知道，能这样毫无困难地稍稍和他亲近些，让我感到有滋有味。

"你完全想不到，你能得到很好的照料，我有多轻松啊。"他说，"两年后我就退休，之后就没法帮你了。"

"爸爸，我已经工作六年了。"

他心不在焉地点点头。我们正在跳探戈时，我突然看到莱文就在我身边。这个不跳舞的人舞跳得实在太棒了，而那个变得越来越低俗的玛格特展示给众人的则是一种性爱的表演。我顿时没有了欢乐。

跳完最后一支探戈舞，我就坐在我的女上司边上。她向我投来求助的一瞥。善良的施耐德博士有点儿醉了。尽管比他稍大一些的妻子就坐在相隔几个位置的地方，但他还是用模棱两可的恭维话纠缠我的女上司。此刻她知道自己该如何对付这种纠缠。尽管如此，我还是觉得有必要帮助她一下。"我的父母很想和您认识。"我说，于是她殷勤地站起来，换了下位置。

施耐德博士仔细地打量我。"莱文的眼光真是不错。"他说。他啰里啰嗦地谈起他和老格拉贝尔的友谊，他数十年来和这整个家庭忠诚地联系在一起。"我很高兴你们能到维尔海姆来，我马上要为第四代忙碌了。"

"不，"我想道，"要是我怀上了孩子，我才不会到这个老古董的诊所去呢！"不过我当然依然很和蔼的样子。

"我的朋友赫尔曼，他曾经是一个很严厉的家伙，"大夫继续道，"经得起重击。否则他就永远不会事业有成，他出身于普普通通的家庭。他的儿子纯粹是他的对立面，可莱文现在显然也知道自己究竟要的是什么。是啊，现在他死了，这个赫尔曼，本来他可以享受美好的晚年生活。就算是他最恶毒的朋友，也不希望他是这样的死法。"

我的心跳停止了。莱文不是说过，这一切都是在一刹那间和"在最好的情况下"发生的吗？

"为什么？"我几乎无声地问道，"我以为他是在吃早餐时完全没有痛苦地死去的。"

"我当时不在现场。但人们马上看出，他是极其痛苦地抽搐过，他的脸变形，他的双手痉挛。他显然也希望得到救助——电话掉在地上，桌布被扯到下面了。并不是每一个心脏病人的死亡都是那么迅速而安详的。"

听到他的这几句话，我感到非常吃惊。在赫尔曼·格拉贝尔之死中，我始终忘记了我的角色，安慰自己说他本来就要死了。

大夫看出我感觉不是很好。可他以为这是新娘紧张的缘故。"您出去透一下新鲜空气吧。"他叫道。

自从居住在施威辛根宫殿附近之后，我就很喜欢那座公园，仿佛它是我的财产一样。我常常坐在这座天然剧院里看书，我在仿造的遗址旁休息和野炊，我在清真寺里沉思冥想，或者坐在湖畔的一张长凳上给鸭子喂食。在我的婚礼当天，我真希望和莱文手拉着手欣赏一下公园的美景，可现在，我却是孤身一人站在那座石制的狮身人面像前，她就像希腊神话中的斯芬克斯那样，对我露出猫一样神秘莫测的笑容，然后沉默无语。她无法让我重新获得镇静，只有那些古老的树木、那些鸟儿，或者甚至是那些愚蠢的水中金鱼才能赋予我镇静的力量。十分钟后，我重新控制住了自己的心情。我现在是赫拉·默尔曼－格拉贝尔，必须考虑到被人称呼为格拉贝尔太太，并由此不由得总让人想起老赫尔曼来。我必须对此习惯才行。

我想悄无声息地回到婚礼现场，混在一群兴高采烈的人中跳舞。我避开宽大笔直的林荫大道，轻手轻脚地从树木和黄杨球后面向节日大厅走去。公园里绝非空无一人；除了迟来的游客之外，也有我们的一些客人在这里闲逛，好在婚宴和舞会之后让自己凉快一下。我从那张长凳旁边走过，它特别适合于情侣，我也经常坐在那里。凳子上有人。我透过灌木丛向那边张望，觉得听到了什么令我发愣的话。果然是玛格特坐在那里，可她不是和迪特尔坐在一起，坐在她身边的人是莱文。

这是我第二次恶心得想呕吐。两个人谈兴正浓，他们紧紧地并排坐着，说起话来很亲密。

"那好吧，"玛格特说，"她看起来就像是一只硬毛指示小猎犬，你说得对，可她干了我想干的一切，我们未必能指望一只硬毛指示猎犬做到这一点。"

这只发情的母猫竟敢把我比作是一只猎狗吗？我真想把她叼走，再使劲咬住她。

"走吧，莱文，天凉了！"玛格特说，两个人站起来。我出其不意地跟在后面。

人们在大厅里跳舞。我刚刚重新混进人群中，迪特尔就拉住我的手臂。"我想你了，"他彬彬有礼地说，"这个舞是属于我的！"

谢天谢地，说这句话的不是莱文，我简直无法自制了。令迪特尔感到惊讶的是，我依偎在他身旁，仿佛他才是新郎。他几乎没有任何反应。这纯粹是出于礼貌，他才没有松开我。但两支舞（因为我不准备松手）之后，我们俩都发现了脱身的机会，他似乎喜欢放开我。

玛格特心醉神迷地和我哥跳舞（他妻子生气地拉长了脸），莱文则是在和多丽特跳舞。他假惺惺地向我示意。我现在的脸色很自然，向他回报以迷人的微笑。大概这个时候莱文想到自己有该死的义务和自己的新婚妻子跳舞，于是等到下一支圆舞曲时，轮到我和他一起跳了。

莱文比我高三十公分，我们看起来肯定不像是理想的一对。我试图至少扮演这样的角色，因此显得容光焕发。所有的人，尤其是我的小市民父母，感动地注视着我们。在圆舞曲三四拍的节奏中，我想到了种种血腥的童话——特别是蓝胡子的最后一个妻子，是她发现了丈夫前面几个妻子的碎尸[1]。我在某个

---

[1]《蓝胡子》童话出自法国作家夏尔·佩罗（Charles Perrault, 1628～1703）的童话集《鹅妈妈的故事》。

方面变疯了，分裂成了两个人：一个是金发的新娘，受众人羡慕地庆祝自己人生中最美好的日子；另一个是头发蓬乱的猎狗，可以马上去咬啮一只猫，更不用提一只成年大猛兽了。

在我的新婚之夜，只有多丽特亲吻了我。当我终于和莱文躺在床上时，两个人因为疲劳至极，马上进入了梦乡。他喝了很多酒，我脚上起泡了。

"新鞋子多穿才能慢慢合脚。"海尔特太太说。

父母想第二天先参观一下我们未来的新居，然后再动身回家。玛格特虽然知道我们将在十二点到达，可她还是赖在被窝里没起床。她从来不给房子通风，却在整个房子里占了很大的空间，我们可不能说她只占有了一个楼层。装修房子的工人尽管还没开始装修，但已经在房子四周搭好了脚手架，砖瓦运来了，新的浴缸和瓷砖被存放了起来。房子无法给人良好的印象。玛格特终于穿上褪色的粉红色家居服露面，此刻看起来又像是一个破旧的玩具熊，我一方面感到很放心——因为莱文难以喜欢她这副模样，另一方面又感觉在父母面前丢了脸。

可我父母没怎么注意玛格特，更关心的是富裕市民阶层居住的这栋别墅的建筑方式。他们尤其对生长着高耸冷杉树的院子啧啧称赞。其实因为媚俗和德国式的阴森森，我最不喜欢的就是这些冷杉树。我已经考虑过砍掉这些树，想用樱桃树和苹果树替代。门前花圃里的蒲苇也在给我制造障碍——这种蒲苇又是莱文喜欢的，因为他小时候曾经用那些长矛胡闹过。

当父母和博勃一家终于离开之后，我马上谈到了赫尔曼·格拉贝尔之死。莱文保持沉默状态。

"这个老大夫就是想引起他人对自己的注意。"他说，"我毕竟见过去世的爷爷本人，一个完美的和平的图画，真的。你是更相信这个牛皮大王还是我？"

我几乎都要说"是的"。可我们的婚姻难道以争吵开始吗？而且之后还有和玛格特之间的事情，可我绝不容许别人背后讲我毫无缘由的妒忌。

我的心情不好，我很遗憾自己用掉了一个星期的假期。我本来很想到威尼斯玩上几天，可莱文一想到置身于一群美国佬和日本人之中就感到恐怖。他想到香港去。我们达成一致，在下一次假期时一起飞到东亚去待上三周，暂时就不再出门旅行了。

当重新开始上班时，我都要感到高兴了。莱文虽然很好，赠给我看起来贵重的东西，而且又是我不想要的东西，但我其实知道这是他试着收买我。他并不是因为我长着漂亮的眼睛才和我结婚的。

"那么您呢？"海尔特太太又开始插话道，她这次连一分钟也没有睡。

"为什么说我？"

"我觉得，您嫁给他也只是因为能最终怀上一个孩子。"

"那不是理由。"我闷闷不乐地说。

此刻，她也让我想起《圣经》里的一句话来："让小孩子到我这里来，不要禁止他们，因为在……[1]"

　　"晚安！"我说。

---

[1]《圣经·新约·路加福音》第 18 章第 16 节。

8

或许，正如我翻过海尔特的床头柜抽屉一样，她同样也翻过我的床头柜抽屉。一旦她发现莱文的明信片和鲍威尔的信件，我自然觉得那是不合适的。最近我的收获不小：我在她的一本侦探小说书里发现了一张照片。她穿着一件滑雪运动衫，推着一名坐轮椅的男子散步；看样子她在对着仁慈的滑轨嬉闹。这个瘫痪的男子曾经应该是一个外表英俊的人，是一个上了年岁的1968年学生运动参加者的榜样，可现在只能看到一个名流可怜的影子。

近来她对我产生了更多的兴趣，但这并不是意味着她要跟我谈论她自己。恐怕她在这方面没有多少要说的。至少她和她的罗默尔太太闲扯狗啊、大夫啊以及以前的同事啊这类话题，简直是又可笑又无聊。也许正因为如此，她才不知疲倦地催促我讲述我的故事。

尽管莱文并没有直接表达出来，但他期望我能将财产过户到他的头上，他以各种各样的暗示和爱情证明让我感觉到这一点。我会充分利用这样的机会，可以追根究底地询问他，为何迪特尔和玛格特两个人会结婚。

"她使他获得了一个不在犯罪现场的证明。"莱文迟疑地说。

"那就是说是一个不在犯罪现场的假证明吗？"

"对呀。"

在经过了比较漫长的坚持之后，我获悉玛格特当时已经怀孕。

"是迪特尔的孩子吗？"

"可能吧。"

"那现在孩子在哪儿？"

"玛格特吸毒，在怀孕期间也不例外，孩子早产夭折。"

我为此很激动，几乎难以平静下来。

"这事也有它的好处，"莱文说，"玛格特受到了如此沉重的打击，后来不再吸毒了。"

我虽然稍稍为玛格特感到可惜，可另一方面我无法理解她的不负责任。至于那是什么样的不在犯罪现场的证明，他并没有向我透露。

现在我们每次周末到维尔海姆去，察看房屋装修的最新进展。与此同时，我的内心也慢慢爱上了我的房子。拥有一间暖房一直是我的梦想。我们在房子后面加建了这间暖房，从那里可以望见我家漂亮的大院子。我心里看到各种季节的花草植物在那里茁壮成长，藤条家具和印度的丝绸软垫令人留恋，有一只鹦鹉在热带藤本植物之间穿梭。我的天堂就应该是这样的景致。

不过，我完全不高兴的是，迪特尔和玛格特并没有准备收拾东西走人。莱文说我们最终要等到全部装修结束之后才搬进去，到那时之前尽可以让他们先使用这两个房间，他们毕竟还找不到可以接受的地方。

"他们现在根本就没去找房子呀。"我说。

"他们当然在找，"莱文抗议道，"可你也知道目前的租赁市场，那不是一朝一夕就能找得到的。"

迪特尔显然获得了一笔不为我所知的补偿金，否则他靠什么维持生计呢？玛格特似乎也在继续领到薪水，这自然也有某种合理的成分。她至少给装修的工匠们开门，替他们清除垃圾，为他们提供饮料。

我认为需要两间浴室是有理由的——这栋楼里目前只有一间浴室，因为我们的孩子应该在自己的浴室间里戏水，可难道我们也需要两间厨房吗？

"如果手头不宽裕的话，"莱文说，"我们可以把一个楼层租出去，有了厨房间，每一个楼层就是一套完整的住房。"

"如果真有必要，我们以后还可以扩建。"我决定道，不容再有商量的余地。

当我们终于——三个月的施工作业之后——搬进去的时候，迪特尔和玛格特还依然住在那里，于是我们有了一个共用的厨房间。那幕戏剧性的事件早已预先设定。

我是一个井井有条、几近死板的人，否则我也不会成为女药剂师了。我还是小女孩的时候，就喜欢烘焙蛋糕和点心，我用称信件的秤将任何重量精确到克。我的厨房干净整洁，一切井然有序，我闭着眼用手一抓就能抓到我需要的东西。我对莱文的邋遢行为很容易生气，可我就像原谅一个孩子一样地原谅他。

我的厨房是一个小实验室，它是我的帝国，集香味、调料和实验于一身，让我在药房柜台工作了漫长的一天之后得以在此休养生息。我从奶奶那里得到了一个古旧的玩具娃娃商店，它有三十个木抽屉，配备了小巧的瓷器小牌子，我的调料就存放在抽屉里。

这是我的第一次打击：香草、桂皮、丁香和小豆蔻不再被单独地保存在那些可爱的小抽屉里，而是统统被塞进了用来放置廉价咖啡的刺眼的粉红色塑料盒里。而玛格特则把自己的创可贴、密封圈、冰箱标签、回形针、一块橡皮以及诸如此类的非食品商品放到我的移动式小盒子里。我气得差点儿晕厥过去，把那些令人恶心的东西统统收起来，扔到玛格特肮脏的卧室里。她完全明白：战争爆发了。

经过这次搬家，我的生活变得更复杂了。我第一个家到药房只有一点点儿的距离，从施威辛根过去又加了一程，而现在我得开车半小时才能到达药房。可我暂时还不想放弃我的工作和我的独立。因此我每天早上第一个动身。

莱文是第二个离开家门的人，因为他要到学校去。可我有种感觉，他不再正儿八经地专注于自己的学业，宁愿多睡懒觉。我工作数小时之后，我的别墅里才会有人开始吃早餐。想到他们在一起吃饭，我一直觉得很不舒服。

迪特尔一直没有工作，恐怕得原谅他才行。他出狱之后马上就出去应聘工作，可在他学过的保险职业里一直找不到自己的就业岗位。他同样到一家运输公司应聘过，他们愿意给他提供一个司机的职位，属于临时帮忙性质。尽管卡车司机——他在联邦国防军服役时学过驾驶——和他的受教育水平不符，可他还是接受了这份工作。

自此以后，迪特尔经常出车在外。这不是一个持久性的工作，也没有一个固定的工作节奏，可我对他的行为给予高度评价，他并没有因为这一工作太差劲而不予考虑。到了休息日，他在院子里干活，给他和玛格特一起居住的两个房间裱糊刷漆，另外还干一些其他有用的家务。莱文把赫尔曼·格拉贝尔的那辆奔驰车转让给了他。

迪特尔和玛格特在一起时，我密切关注这对夫妇的动向。他们俩相处得如何，我可说不上来。他们有某种伙伴关系或者命运共同体，可是——就我隐约感觉到的那样——他们并没有性方面的急切心情或者含情脉脉。他们睡在一起吗？因为两个人都是年轻人，又是躺在赫尔曼·格拉贝尔的双人床上，恐怕我不得不这么去想。

我和莱文生活在底楼的四个房间里。莱文的"书房"里始终放着另外一台电视机。我打算以后将卧室，当然还有婴儿室安置到楼上去。地下室是玛格特以前的房间，阁楼间里还有两个房间，以前是为家政人员准备的。老格拉贝尔留下的家具就堆放在那里，我们或者其他夫妇用不上这些东西。莱文当然说得对，我的房子用于两个人实在太大了。

正因为如此，作为一个始终替社会着想的人，我很难让迪特尔和玛格特搬出去。

可他们也无法理解我。"我们打搅到你们了吗？"迪特尔有次惊讶地问。

我真想说，他完全没有，倒是他的邋遢老婆打搅到我了。我很尴尬——我应该提出怎样的理由呢？尽管莱文声称说过叫他们搬走的话，但看样子他从来没有告知他们应该寻找其他的住处了。

玛格特生气地同时又很谦卑地说道，她不是在一刻不停地干活吗？玛格特确实也干了些活，可她干的一切，让我觉得很恶心。她用脏水清洗木楼梯，却从来没有听说过地板蜡。楼上房间里的所有东西都有臭味，我在每一个角落里都能闻到那种霉味。玛格特似乎从来不打开卧室的窗户，反正厨房间也是。她用过的抹布我没法碰，我把自己使用的抹布藏起来。可她总能很快找到我的抹布，我感到害怕极了，只好几乎天天买上一块抹布带回家去。另外，因为她打趣地用"狡猾的脏小鬼"称呼莱文，她也成了我的眼中钉。

我以一种非常身体上的方式讨厌她，我从来不想尝尝她做的饭菜。每天晚上，我站在不再干净的灶台旁，为我和莱文做上好吃的饭菜，可那只冰箱让我感到越来越恶心，玛格特将那些廉价的人造黄油、气味难闻的烹饪用乳酪——连个保护性的包装纸都没有——以及长了霉斑的香肠存放在那里面。一天，莱文问道："你怀孕了吗？你变得那么挑剔饭菜了！"

很遗憾，我没有那么快怀上孩子，可我知道自己可绝不能像一个着了魔的人那样急切地期待这种事。莱文提出了这个问题，难道是说，他也在期待之中吗？我估计他是这个意思。

暖房完工的时候，我的心中重新产生了人生的乐趣。我可以按照自己的心愿购买植物，一辆送货车满载着货物停在我们家门口。你可以一年四季置身于满园绿色之中，吃饭时可以望向院子，你也可以在吊床上晃荡或者看书，你可以做梦，忘却房子里的乌烟瘴气，因为这里始终可以稍稍散发出湿润的绿色气味。我每天兴高采烈地盼望着回家，给我的植物浇水，给在吊床上的帖木儿推上一下，然后在这里，而不是在我那被糟践的厨房间里吃饭。

"现在既然一切都已完工，"那天我心情颇佳，我提出建议道，"我们应该举办一个落成典礼的小型派对。多丽特和格罗还从来没有来过这里，我的女上司也很好奇……"

莱文表示同意。我遇到的唯一问题就是玛格特。在家里就算她走来走去最不讲究（身上穿着一条老虎图案的超短裙，脚上穿着一双绿色的长毛绒拖鞋），可她在庆祝会上有望变成派对上的野鸡，对我而言那无疑要比家里的焦煳味更为可怕。

可是，难道可以把她排除在外吗？在清洗杯子和收拾屋子时不能小瞧一只援助之手的——这自然是莱文的理由。我可宁愿独自收拾。

还是小心为妙吧，别将对玛格特的厌恶表达得太过直露，因为莱文完全无法理解这一点。他不觉得冰箱里的香肠有霉味，他觉得烤炉够干净，他说因为工作的关系我已经相当紧张了，家里能有一个人帮忙，我理应感到高兴才是。

已是秋令时节，夜黑得早了。大型派对来临前两周，我上夜班。就在我打瞌睡的时候，药房后房间的一扇玻璃窗被打坏，一个吸毒者想要搞到毒品。我睡眼惺忪地阻拦他，报警装置响起，那个疯子朝我砸来，我跌倒在地。警察很快到了事发现场，追出了两条马路远，逮住了凶手，并试图记下受损情况。

警方给我的女上司打了电话，她心急火燎地飞奔而来，终于将我打发回家。除了头上有一处裂伤（她亲自给我包扎）之外，我只发生了一点儿轻微的休克。警察愿意把我带回家。不过当知道我居住在维尔海姆时，他们对我没接受他们的主动提议松了口气。

我一般晚上总是将汽车开到车库。可今天夜里我已经没有力气了。我从黑色的石子路走过，悄悄向大门口走去。所有的人似乎都已经进入梦乡，毕竟此刻已是凌晨三点。突然，我看到后面的草地上有一道光芒闪耀，那是从暖房里射出来的灯光。我忽然怀着恐惧的心情重新把大门钥匙放进口袋里，小心翼翼地摸索着向前走到别墅后面。难道这里同样也有入室盗窃者吗？

暖房里既看不到强盗，也看不出破门而入的迹象。莱文表情怪异地躺在吊床上。令我感到诧异的是，他全身赤裸，那只雄猫作为遮羞布躺在他的下腹上。他如此入迷地盯住哪儿看呢？

我不得不前往院子的另外一个角落，好在那里看个明白，究竟他的目光在瞄准何方。玛格特只穿着黑色的吊袜围腰，脚蹬一双红靴子，她卖弄风骚地将自己的紫色内裤套在头上。原来他们以为这是我上班的时候，正在我的暖房里上演色情表演。

迪特尔在哪儿?

我观望了好久。我恍然大悟,玛格特的天才在哪儿了。她给莱文展示的是一种被我视为变态和恶心的东西,她做着我一辈子都永远不会心甘情愿去做的事情。等到莱文将一只小信封交给玛格特,并且疲惫不堪地躺在我的吊床上时,我才蹑手蹑脚地离开,因为他俩之间令人作呕的交配已经结束。

我穿过院子重新来到大门口,用钥匙打开大门,轻手轻脚地走进卧室。我机械地脱下衣服,刷完牙,给自己的脸抹上润肤膏,然后躺下休息了。我感到冷得要命,牙齿在不停地打战。我身旁的床上空荡荡的。

我睡不着,我也不哭泣。我不希望用数羊的方式赶走我的愠怒和悲伤。我的心里翻来覆去地想象着那种场景。事实上我从来没有被性自卑感折磨过,我始终体会到肌肤相亲的欢乐,我的男性伙伴大多同样也是。莱文的情况稍有不同,对一个年轻而健康的男子而言,如果谨慎一点儿表达的话,他或许无法证明这种相应的能力。看样子他需要比我含情脉脉的爱抚和温柔体贴的依偎更强烈的兴奋剂。

玛格特呈现的东西太老练了。或许她就是一个专业老手,早年在街头拉客,借助于脱衣舞表演和色情表演艰难度日。另外,她几乎就像一台听凭他人摆布的机器人出现在人们面前,由不可抗拒的力量给她编制程序。她虽然不再给自己注射毒品,但他无疑会给她某一种毒品作为奖赏。

奇怪的是,这些想法稍稍让我镇静了下来。我们可以如此评价莱文的行为，就好比他和他爷爷一样在逛妓院。可另一方面，我的暖房又绝非妓院！我和莱文新婚才几天，而玛格特是他朋友的老婆。此外，她就像糟践我的厨房一样，以自己偷吃禁果的原罪糟践我的天堂。我要给整栋别墅里的一切消毒，我想道，莱文必须搬出去，离婚时休想拿到一个子儿。

临近早晨，我要去上厕所。我只能悄悄地走进客厅，从那里朝暖房望了一眼。莱文像死人一样躺在吊床里——身上盖着我的爱尔兰羊毛毯。我想起了一句古老的格言：睡觉的人没有罪过，先前有罪过的人睡得更香。

海尔特太太发出恶毒的笑声。

莱文要到第二天下午才会指望我回家，因为通常在夜班以后，我要继续在药房上班整整一天。玛格特后来回到丈夫的床上去了吗？迪特尔究竟有没有在这里？我不在家的时候是不是总有这样的狂欢淫乐呢？玛格特最近眼睛肿肿的，是否和迪特尔发现他们的关系有关呢？

还有玛格特的死婴：莱文是孩子的父亲吗？我感到又冷又恶心，不禁打了一个寒战。我瑟瑟发抖地走进厨房间，准备给自己泡一杯甘菊茶。我身子靠在冰箱上，等着壶里的水烧开。那扇虚掩着的门打开了，雄猫帖木儿无声无息地跑了进来。它用竖起来的硬尾巴在我的腿上蹭来蹭去，想要和我说话。如果这只动物可以说话，它会跟我讲述一切吗？

我一边喝茶一边下定决心，暂时别让人看出任何动静来。
可在帖木儿之后进入厨房的不是莱文，而是迪特尔。

9

鲍威尔不能老是把孩子莱娜和科尔雅放在多丽特那里，没过多久他又把他们带到医院来了。很清楚，他不可能在这里待得很久。

"你今天又给我准备那种小包装的软干酪了吗？"莱娜问。

科尔雅对果酱特别感兴趣。"不过下午茶香肠我们不喜欢吃，你自己可以留着，赫拉。"他说。

可鲍威尔还是把那些含有胡椒子的软香肠收拾起来。"我们把它带给阿尔玛吃。"

我们重新单独在一起的时候，海尔特太太突然好奇地问："阿尔玛是谁？"

"鲍威尔的老婆。"

"现在我完全搞不明白了。"

"我还会把一切告诉给您听，海尔特太太。"

"只有唯一的一个问题：阿尔玛在哪儿？"

"在疯人院。"

她睁大眼睛，我对她的迷惑不解充满乐趣。

"我很好奇玛格特的结局是怎样的，"她说，"我从来不会像您这样有那么多的耐心。"

"晚上八点继续。"我向她许诺道。

迪特尔很惊讶会在厨房间里遇到我。

"你不是在上夜班吗？"他问。

我断断续续地给他讲了药房里发生的入室盗窃案，他对我表示同情。

"你看起来累得不行了。"他说，然后给我泡上茶。由于我不习惯于有人也会向我表示如此细致入微的爱意，我禁不住热泪盈眶。

迪特尔像拥抱一个生病的小孩一样拥抱我。帖木儿有点儿吃醋了，拼命地挤在我们中间。

除了我之外，只有迪特尔偶尔早起，他必须上班去。他站着和我一起喝了杯茶。最后他尽量善意地问道，莱文究竟藏到哪儿去了？

迪特尔很是惊讶。他说最后一次见到他是在吃晚饭的时候，莱文又没有说过自己要出门。"或许他还赖在吊床上呢，"他开玩笑道，"这可是他最喜欢的地方，我过去看一下。"

"要是他在那里，那你不用叫醒他。"我请求道。

那只雄猫"呼"的一声跟在他后面飞驰而去。迪特尔脸上带着惊讶的表情回来了。"这个疯家伙还在暖房里睡觉呢。"他说，然后催促我赶紧回床上休息，之后他就走了。

一直到中午之前，整栋楼里一点儿动静也没有，后来我听到厕所马桶的抽水声。突然，莱文站在我们的床前，诧异地看着我。我又一次谈起了药房里吸毒者的事，展示了我的伤处。

"你什么时候回家的？"这才是他感兴趣的。

"我不知道。"

我从莱文的脸上看到了不安，他在我痛苦的面色之下寻找有无指责的内容。"我一定是在暖房里睡着了。"他说，"你没有找过我吗？"

"我服了一粒药效很猛的止痛片，马上睡着了。"

我头上的绷带让莱文放心不少，可是我在如此大的打击之后并没有通知他，这似乎让他动起了脑子。"你为什么不从海德堡打电话过来呢，"他说，"我肯定会来接你的。"

"哦，上帝，"我说，"这就需要双倍的时间了。另外，我不希望让汽车留在那里。不过现在让我再睡会儿觉吧。"

莱文走了，我在继续思考。我要跟他挑明吗？报复？离婚？我无法做出明确的决定。难道绝对有必要以轻率的行动破坏一些无法重新修复的东西吗？

下午，我饥肠辘辘地起床，莱文急忙给我准备了一片吐司面包。他至少是感到内疚了吧，我想。可他显然也不是太内疚，因为当他听说我身体好点儿时，他就驾驶保时捷扬长而去了。

玛格特走进厨房间时，我还一直穿着浴衣坐在那里。或许她是带着任务来的，因为她马上问是否能为我做点儿什么。

"自然啦。"我说。

从那时起我开始刁难玛格特。迄今为止，我一直避免直接给她指令。我偶尔会喃喃自语，餐具得洗干净之类，但不会直接盯着玛格特看。有时她也会注意到上述的建议。现在，我一清二楚地说，冰箱必须用加醋的水清洗干净，烤炉需要彻底洗涤，浴缸和厕所虽然是新的却看起来已经很破旧，外面的马路要打扫，入口处的树叶必须扔到肥料堆里。

"我们不会白送给你钱的。"我说。

玛格特面红耳赤。她声称自己一直在打扫和收拾屋子。

"那又怎样！"我回答道，"你别忘记自己住在这里连一分钱租金都没付。"

"莱文很满意。"她为自己辩护道。

"一个男人怎么会明白这些东西。"我怒吼地回应道，"再说这是我的房子，不是他的。"

玛格特睁大眼睛看着我。"赫拉，这个房子是莱文他爷爷的。"她教训我。

我二话不说，翻出写字台抽屉里的遗嘱，扔到她的鼻子底下。

她真的看了，然后摇摇头。"这不对。"她说。

接下来的日子里，有一天早上，我到车库去，对着一只很大的柳条筐狠狠地踢了一脚，篮子倒下了，枯萎的木兰叶子马上重新在空中打转。我满心欢喜地看出是她的东西：送给玛格特的鲜花。就在此时，我发现了迪特尔，他一定是从我身后走过来的。他打趣地说："我要摆脱侵略！我以后再把这所有的一切扫到一起去。"

我有点儿尴尬地保证道,原本以为是我自己的东西。可我从后视镜里看到他并没有上奔驰车,而是拿来了耙子和扫帚。

一般来说,我很少见到迪特尔。如果偶然遇到,就会彼此微笑一下。我突然发现,是我稍稍挑起了这些偶然性的发生。是否他也喜欢我呢?有一次,他把给我的一本书放在暖房里,旁边留了一张"给赫拉"的纸条。这是他送给我的一份礼物,还是借给我的一件物品?那是一本科幻小说,讲述的是化学乌托邦的故事。这一件事感动了我,因为和这件礼物相反,莱文送的东西只是满足于他自己的消遣。

从发现那次夜里的一幕之后,我不想再和莱文一起睡觉了。可我似乎觉得,他并没有在意这一点,因为到现在为止,这样的倡议总是由我提出来,所以我也不会陷入必须去拒绝他的窘境。我在想,总有一天他会渐渐认识到,这次的间隔要比平时更长了。可看来他并没有惦记这事。

是否迪特尔有所耳闻了?是否他到头来只是给玛格特拉皮条的?我不希望把他往坏里想。不错,他曾经失足过一次,可他并非是一个无用的人。相反,他有着一种我非常喜欢的骑士风度和低调从容。

我们的派对邀请信早在这些乱七八糟的事情发生之前就已寄出,我没法把整个活动安排取消掉。我们本次聚会来临之前的星期五,我请了假,首先驱车到几家最好的食品商店采购东西。没多久，我的车里散发出最讨人喜欢的罗勒香料味。

然后，这一天的其他时间，我就消失在厨房间里。莱文到普法尔茨买酒去了，确切地说是我打发他去的。玛格特呢，我一直让她忙些下手的活儿。

忽然，门铃响个不停，原来是多丽特风风火火地意外来访。在读大学时，我们俩就是外表截然不同却又是分不开的一对：我矮小、金发，人长得结实，她则是高大、苗条，留着一头保护得很好的黑色长发。

和多丽特待在温暖的厨房间里一边洗蔬菜、一边闲扯真是开心。"你看起来可不像是一个幸福的新嫁娘。"她马上说。

我把全部的责任都推到玛格特头上。"我不能和这个女人生活在同一个屋檐下。"我说，"你觉得她怎样？你不是在婚礼上见过这个女人吗？"

"我觉得她难看、低俗和无耻，是个发情狂，人又很笨，"多丽特说，"可对她的男人我倒并非没有好感。"

这证实了我的看法。"你明白这样的一个男人竟然会和这样的一个蠢女人结婚吗？"我问多丽特。

她以讨人欢喜的女声低音部的嗓音哈哈一笑道："可是赫拉，我们每天都可以看到这样的情景。就我认识的几乎所有夫妇中，我宁愿要么喜欢这一个人要么喜欢另一个人。大家总是不断地追问，他们彼此相处会怎样。可我知道一点，有时候他们的婚姻生活非常好，即便谁也无法理解这一点。"

迪特尔和玛格特的婚姻是否很好呢？是否完全只是一纸婚书而已？"多丽特，你给我出出主意，我如何才能摆脱这个臭女人？"

她在思考："很难说。或许没有莱文参与就不行。他在这个问题上必须百分之一百站在你一边才成。哦，男人就是这样，到处都可以看到这种哥们儿义气。不过话说回来，你难道没有什么令人高兴的事情向我招认吗？"

"你知道得很清楚，如果有什么喜讯，我一定会在第一时间告诉你，不过到现在为止我还没怀孕。"我愁眉苦脸地说。

多丽特拥抱我："这个会来的，你得稍稍有点儿耐心。你是因为这个才如此神情沮丧的吗？"

我摇摇头，有一刻儿工夫我们俩默不作声地把豆角切成小块。

就我们目前这种禁欲的生活，我肯定是无法怀孕的，而这或许要比让我和如此轻浮的男人绑在一起更好。

多丽特猜中了我的部分心思："你在婚礼上就对玛格特恨之入骨了，因为她对所有的男人都眉来眼去，特别是对高贵的莱文——是不是？"

我没有回答。多丽特在某些方面就是我的化身，她在大学里也学过药剂学，因此同样会仔细关注这些为难的清洁问题，她同样擅长厨房炼丹术，喜欢各种各样的小瓶、小罐、抽屉。可在一个方面我们永远无法有共同的想法——那就是对我交往的男人。多丽特有一个真正善良的丈夫，她只是出于好玩才否认老公的由年龄决定的听话问题，那是一个诚实正派、薪水丰厚并且可以显摆的伴侣，这是她很愿意承认的。我原先交往过的那些人，一个个简直都让她感到讨厌。

我的沉默似乎在承认她说得对。她在继续探索此事的蛛丝马迹。"你知道吗，赫拉，"她重新开始道，"我最近看到这样一句话：'性欲就是权力，而权力从本质上看是富有侵略性的。'说得很聪明，是不是？"

"那我们从中得出怎样的结论呢？"我讥讽地问。

"它仍将继续下去，"多丽特说，"等到性参与其中的时候，什么良好的意志、信任、忠诚、道德等等统统失去了任何影响力——人的本性要比我们所有人道主义和基督教的信条强大得多。"

"我应该为你的人生观感到高兴吗？"

"恰恰相反，"她说，"你应该去分析玛格特。她可以控制莱文，看来也能控制你，因为你对那个愚蠢而轻佻的女人反感过了头。要是她再不正经，你就把她赶出家门！"

和我们的婚礼不同，这次参加我们聚会的人当然不是很多——没有一个亲戚，也没有德高望重的人士或名流豪门。我的女上司自然是我欢迎她参加的，因为我真的很喜欢她。她还带来了一个羞答答的留守丈夫，此人是她药房的固定顾客，名叫鲍威尔·西伯特。

我一直干活到最后一刻：做饭、收拾、把玻璃杯擦亮。第一个客人按门铃时，我才匆匆忙忙地去换衣服。我买了一条新的连衣裙——毕竟我很富有，说得明白点儿，我很有钱。于是，我身上穿着真丝和羊绒，脖子上戴着曾祖母的六排珍珠项链，脚上穿着一双意大利高跟皮鞋，好让自己显得高大一些。穿高跟鞋我一开始有点儿不习惯，因为虽然我的尺码小，但我之前只有穿起来很实用的平跟鞋。

事实上我丈夫完全可以注意到我的这身新打扮——可他并没有看上一眼。我和多丽特将鲜花放到花瓶里时，他在欢迎客人，给他们斟上香槟酒，然后谈天说地。

所有的人都到场的时候，玛格特才出现。看到她穿着同样黑色的时装时，我很镇静，她曾穿着这身行头糟践过我的婚礼。不过她戴着一副金色胸罩，喉咙口戴着一条狗项圈，下身穿着一条紧身的黑色皮裤。皮裤背面的屁股位置打上了洞眼。她达到了她的预期目的：大家立马屏声静气，以异样的眼神或是艰难克制着的淫荡的目光注视着这副场景。我在寻找迪特尔，最后看到他远远地靠在墙边。他用捉摸不透的脸色打量观众的反应。就连鲍威尔·西伯特也偷偷溜到一个角落里，饶有兴致地看我爷爷的一本旧配方手册。

多丽特站到我一边。"格罗觉得她很可怕，他说，不过我们先瞧瞧，他究竟是如何瞪着眼睛看的吧！"

我注意到女友们的男朋友和丈夫们针对玛格特的窃窃私语渐渐平息，可确实有那么一两个人像格罗那样瞪着同样的眼睛，完全用手指尖对着那打孔的洞眼指指点点。莱文流露出房屋主人的自豪来。我真想当着大家的面掴他一记耳光。

我的女上司也看出了端倪。她手里拿着杯子加入到我和多丽特的行列。"她想要吸引我们的眼球，是吗？"她说，"赫拉，我这辈子就想好好看一下整个房子。那个暖房太迷人了……"

我无法向她展示整个房子，我只能局限于我自己的空间。但我故意在玛格特能听得到我们谈话的地方对着我的女上司说："楼上的房子下月装修，那里将安排有卧室、客人房间以及孩子的房间。"

"您说得对，赫拉，"我的女上司说，"您及时想到了孩子的房间——我把它忘记了。"

我的女上司离异无孩，可她给人的印象始终是一个心满意足的女人，之所以能够如此，要归功于她的骑马爱好。

我称心如意地注意到玛格特听懂了我的意思。我从她的眼里似乎看到了她的委屈。"好吧，就这样了，"我想道，"你马上可以自愿离开了。"

玛格特并不是像我和多丽特喜欢称呼的那样，完全是一个傻瓜。虽然和我们家里人在一起时，她怎么想就怎么说，可是我很惊奇地听到，她——即便有点儿吃力——在陌生男人那里却是用另外一种语调说话。她谈论着各种各样的话题，谈到了地方自治和警察问题（一切都是扯淡），谈到了学校和汽车（社会理应承担自己应尽的义务）以及谈到了电视节目（这个又是最后的话题）。男人们从不倾听她的话，而是盯着她的大开领看。

我打断他们的争辩，生硬地敦促她赶紧去清洗杯子。可是她那一身好衣服……玛格特提出反对。

"这个难以称作衣服。"我说，我的身边此刻有几个女人在大笑，"另外，你大概也可以把煎饼移到烤炉上去，加热十五分钟端上来。不过你先到地下室拿十瓶红葡萄酒过来。"

玛格特将拿红酒的任务交给了莱文，叫迪特尔到厨房间帮忙，又打发规规矩矩的格罗去擦干杯子。

多丽特看到这一幕，不由自主地笑了起来。"真了不起，"

她说，"格罗在我家里还从来没有……"

在大家站着享用了煎饼之后，约莫九点，那个"猪人"过来了，带来了一整头乳猪，他在厨房桌子上把它切开分成一份一份的。我准备了各种各样的色拉、蔬菜和薯片，在厨房、客厅和暖房布置了有长凳可坐的角落，并且配备了自助的餐具。所有的饭菜味道都很棒，我感到很自豪。

玛格特在关键时刻并没有过来帮忙。那一阵子，所有的客人都在寻找位子，并且要求给盘子装满吃的东西。她在和那个"猪人"—— 一名年轻的屠夫调情，并因此耽搁了他的工作。他拿着那把切肉的大叉子将他认为乳猪身上最好的一大块脆皮猪肉塞进她的嘴里。我进厨房时，正巧看到玛格特稀里哗啦地往厨房地上呕吐，害得那些正在品尝佳肴的客人尖叫着跳起来，仓皇逃离厨房间。

"我不舒服。"玛格特抱怨了一声，随即从我身边走开了。

如果不是我，那应该是谁去把厨房地擦干净？我正想把她叫过来时，莱文和迪特尔远远地对我打招呼——"马上，五分钟就来。"

我穿着真丝连衣裙跪在地砖上把上面的脏物擦干净，由于气味呛人，我感到很恶心。我对玛格特的厌恶到了病态的程度。

当一切被重新擦得光洁明亮时，迪特尔走进厨房。"怎么啦，赫拉？"他说，"我能帮你什么忙吗？"

尽管他无法预料到出了什么事，可此刻我心头的一肚子怒火全部冲向了他。"叫这个女人从我家里滚出去！"我咆哮道，

"她弄脏了我的厨房，我却在替她收拾！"

迪特尔一脸无辜地问道："为什么玛格特不自己去把它打扫干净呢。"这时候，那个"猪"人——玛格特刚才呕吐时脏物吐到他的裤子上了——以及其他几个逃离的人又回到厨房，给自己的盘子重新加满饭菜。我没法再训斥迪特尔了，可是直至今日，我一直最讨厌的就是这种松脆的乳猪了。

10

"年轻的时候，我曾有过一个男朋友，他用相当卑鄙的方式抛弃了我地"海尔特太太出乎意料地叙述道。

有意思。

"实际上我自己也有责任，我太轻信他了。"她继续道。

"您刚刚不是说过您年轻……"

"这不是借口。您不是知道自己也犯过致命的错误吗？"

"什么错误？"

"您对现实有一个错误的概念。"

"不是每个人都有一个概念吗？"

海尔特太太摇摇头。

如果说我对某些东西不喜欢，那么指的就是那些老人以诲人不倦的方式炫耀自己的人生经验和知人善任。迄今为止，她从没有做过这样的事，可假如这种事现在发生了，那么上一个夜晚我就成了她的表演者。

可是她不再打算用批判性的眼光评价我，她的好学赢了。"玛格特后来怎么样了？"

那么，今夜我要教她学会害怕了。

庆祝会的第二天，我的身体糟透了。我的例假来了，提前了一个星期，身上还伴随着不寻常的疼痛。好在那天是星期日。我决定躺在床上休息。客人们深夜终于离开时，我们没有再收拾屋子。应该让其他人做才对。

约莫十二点，莱文几近温柔地推推我，说："现在来杯咖啡应该不错吧。"

我摆出一副痛苦的脸色。他叹息了一声，自己去准备咖啡了，然后带了一杯咖啡摆到我床边，好让我的心情好起来。"有许多事情要做，"他说，"我去把玛格特和迪特尔叫来。"

这就对了。

我虚弱地躺在床上度过了一天，再三思考目前的形势。没有任何东西是按照我所期望的在进行。虽然我有了很多钱和自己的房子，但我要一个孩子，这是我最紧迫的愿望，目前却看不到进展，而且没有夫妻生活也不可能有孩子。虽然拥有一个男人，却是一个不忠实的、表面的且又是相当懒惰的男人。其实唯一的可能就是尽快和他分手，然后重新再找一个。毕竟我已不再年轻。可是，我的父母会做出怎样的反应呢？"我早就知道这种结局了。"可能我母亲会这么说。我的父亲必将陷入萎靡不振之中。难道我应该再和莱文尝试一下吗？他还这么年轻，可以让他学会更多的责任意识和严肃认真。既然赫尔曼·格拉贝尔把他托付给我，我难道可以不尊重他的遗愿吗？另外，我感到自己太过虚弱，难以做出自己的决定。

我独自躺在床上思考了两个小时之后，出乎我意料的是，有人敲我的卧室门，是迪特尔。问我身体怎么样，是否需要帮忙。"我们马上就收拾好了，一切将重回干净整洁的状态。"他说，"只是我的脑子里还是晕乎乎的。你想一起出去散散步吗？"

在十一月的迷雾之中，能在外面逛上一小时，肯定要比躺在床上更受用。可我还是拒绝了。一想到玛格特和莱文单独待在屋子里，我就感觉受不了，尽管到了周一，还会出现同样的情况。

"玛格特必须滚蛋！"我突然大声地对自己说道。写一封书面的房客搬出通知——以挂号信邮寄的方式——无疑是第一步。而且要在明天，我做出了决定。

谢天谢地，玛格特没在我的病床前露面，倒是莱文过来了，问我是否还需要一杯茶或是来一碗冲泡的浓缩汤。"玛格特刚好也有点儿不舒服。"他不合时宜地说。我呆呆地朝窗口望去。

"今年你还想出去度假吗？"他重新开始道。

虽然我心情不好，但对他的问题还是挺好奇。

莱文从口袋里掏出一份结婚请柬。女牙科医学博士伊莎贝尔·伯特格尔和一个拥有一长串西班牙名字的同事举行婚礼。他说那女的是他的大学女学友，在西班牙的格拉纳达爱上了一名来自贵族家庭的男子。他们的婚礼将在安达卢西亚举行，他说值得到那里去逍遥一下。

尽管我很忧伤，但并不反对这样的安排。婚礼在周末举行。"是否还能买到机票呢？"我说。

莱文笑了。坐飞机太无聊，他当然要开着保时捷过去。

我沉默了，感到很痛苦。我绝不可能请到五天以上的假期，开车过去对我来说太累了。"你一个人开车去吧。"我低声道。

莱恩摇摇头："开远路的话偶尔要换着开车才行。为什么你不想去呢？你又不是那么老！"

虽说是玩笑话，但这句话伤害到了我。"你难道不知道什么叫有工作吗？这样的旅行只特别适合于那些害怕工作的大学生。"

"我看出来了，"莱文说，"我去问问迪特尔和玛格特。"

"如果你带玛格特过去，我明天就跟你离婚。"

莱文警惕地注视我："你吃醋吗？"

"吃这种女人的醋？我不喜欢她，这你是知道的。不过我真的没有任何理由吃她的醋。"

莱文察觉到气氛不对，灰溜溜地走了。

晚上我听说他将在黎明时动身，因为迪特尔无法和他同行。"我中间可以稍稍休息一下，你不用发火了。"他说。

为了第二天早上不是无意给他煮咖啡，我服用了五粒缬草药丸。莱文收拾好行李，大概在我身边睡了几个小时，我都没有注意到。等到我醒来时，保时捷和莱文已经在前往西班牙的路上了。

我将莱文的这次外出视为不公平的行动。我在报纸上刊登了一则广告：祖传家具廉价出售。迄今为止，我们没有谈起过赫尔曼·格拉贝尔那只昏暗的栎木餐具柜和类似的物件究竟属于谁——我的还是他的。这方面的归属问题在遗嘱中并没有提到。不管莱文现在是否想要保留它们，我想把阁楼间腾空后派上用场，而且是给我使用。他有了自己的书房，我的书房在哪里？

我只用了一个下午，将所有东西全部卖出去了。我对漂亮而古老的家具充满兴趣，可这些不值钱的东西再也不会漂亮了，我很高兴能将它们出手。迪特尔不在家，因而也就没发现那些贪心的人开着送货车，也包括专业旧货商和小商贩，如何气喘吁吁地将全部的破烂货拉走的场面。玛格特虽然好奇地看着热闹，但不会去考虑我的行为在道德上是否无懈可击。一对年轻夫妇将那只上面雕刻着雄松鸡和鹿的黑色衣帽架运走时，她还对他们俩傻笑着挥手告别。

周末，就我和玛格特在家里，我打算让她像女奴一样地做苦工。她问过多次，我究竟准备如何使用阁楼间。比如给客人用，我说，兴许作为藏书室或者工作室。

阁楼里的几个房间至今没有装修过。地板上应该铺上新地毯，浅色的墙纸也得重新贴上去。玛格特呻吟了一声。这又不值得事先把它弄干净！其实她说得并没有错，但出于原则，我不希望家里太脏或是有蜘蛛网，否则那些有害的小动物就可能会蔓延开来。

我们一起擦去脏污，一起打扫。"我什么都想到了，"玛格特以志同道合的语气说道，"这种去污剂超强。"

这应该是一句恭维话了。我没出声，可她继续闲聊。

莱文应该在回家的路上了，或许已经在巴塞罗那，因为只有在家里才睡得最安稳……

我浑身的鸡皮疙瘩都要出来了。

在这个几近亲密的两人相处的时刻，再一次向她说出让他们搬家的事，是需要经过一番思想斗争的。可当她又一次说"我们莱文"时，我再也控制不住自己了。

"我丈夫何时回来，你瞎起什么劲，"我解释道，"你真正要关心的是你得赶紧给自己找房子。如果你不自愿去找，那我要请律师了。我们从来没有和你们签过租赁合同，这个你大概知道吧。"

玛格特转而采取低三下四的恳求手段，说她可以把二楼的房子让出来，和迪特尔住在这里的阁楼间，这样我就能增加四间房间了。

"你是怎样想的？"我反驳道，"这上面没有厕所，没有厨房，水管只能通到二楼。"

"这个不是可以请人做吗？"她提出建议，眼里充满着一只胆怯的小兔子的目光。

"是吗？那谁付钱？难道是你吗？"

阁楼间里的窗户尤其能够吸引我。我可以在这上面好好地想象我那神秘的庇护所，一个禁止所有住户进入的帝国。可现在窗户都脏得模糊不清了。

此时，玛格特正陶醉在工作中，从自己的屋子里拿来干净的水和气味难闻的抹布。显然她是想让我的心情更好一些。这些窗户本来只需要油漆一下，它们的牢固性很好。我坐在窗台上，抓住折叠百叶窗，好把它们关起来，进而研究朽坏的程度。材料虽然很结实，但油漆自然已经脱落了。玛格特提着一桶水来到第二个窗户那里。

"百叶窗必须卸下，让迪特尔除掉旧油漆，再刷上新油漆。"我说。

"他肯定会做的。"玛格特殷勤地保证道。

我爬到窗台上，试着把百叶窗从铰链上卸下，可没有如愿。

"这不是我们干的，这是男人们干的。"玛格特拒绝道。可她这句话反而激起了我的虚荣心。"你抓住我，玛格特。"我吩咐道。

玛格特抓住我的大腿，把我夹到一个铁制虎钳上。我闻到了她的汗臭味。可惜我的手臂太短，没法抓牢折叠百叶窗。"往铰链里加一滴油，"我说，"这是轻而易举的事。"

我跑下楼，拿来缝纫机油。

我重新爬上楼时，玛格特跪在窗台上。因为吃力，她脸涨得通红。"赫拉，你过来，把我抬高！"她热心地嚷道，"我的手臂长！"

我慢慢走近，不情愿地抓住她的脚踝骨。她的大腿有着蓝红相间的大理石花纹，那上面在剃去毛发后已经长出了很短的黑色茬儿。磨损的绑腿只到膝盖那里。长着老茧的毫无血色的脚后跟从那双绿色拖鞋里冒出来。我感到说不出来的恶心。而最终使我失去自制的，是她那小溪一样流淌的汗水，它正缓慢而持续地顺着她的裤腿流到我的右手上。

她从蹲坐状态直起身子，猛一用劲双手抓住百叶窗，身子因失去平衡开始摇晃起来。

就在此刻，滑溜溜的汗珠碰到我了，于是，出于一时对那种无可名状的厌恶的冲动，我突然松开了手。玛格特坠落下去，双手抓着百叶窗。我惊恐地朝下面望去。她躺在楼下，和我有三层楼的距离，是死是活无法看清楚。我在心急慌忙之中撞倒了一桶脏水，被一把扫帚绊倒，我挣扎着爬起来，仿佛被复仇女神追逐似的，三步并作两步地跑下楼梯。

只一瞬间的工夫，我就到了外面的院子那里，玛格特躺在露台的石板上。她还在呼吸，但已经不省人事。我触摸到她的脉搏刚好还在跳动。怎么办？我孤零零一个人在家里。

我自然立即给救护站打了电话。两名急救员和一名大夫将玛格特送往医院。我自己快要昏厥过去了，硬是联系上了迪特尔的运输公司，打听是否能通知到他本人。可我只能听到电话录音。或许可以通过无线搜索业务找得到远在西班牙的莱文吗？

我打电话给多丽特。我以低沉单调的声音说，玛格特从阁楼间的窗户上坠落。

"她死了吗？"多丽特震惊地问。

"没有，不过现在还没法说她究竟伤势如何。"

"我的天，你累垮了吧，"多丽特说，"你看到那一幕了吗？"

"并非直接，可我在同一个房间里。后来我就看到她掉落下去，真可怕。"

"一个人怎么会从窗户上掉下去呢？"聪明的多丽特问，"只有小孩子才会发生这样的事……"

"她想把百叶窗卸下，我们要给它们刷上油漆。"

多丽特从牙缝里发出嘘声："虽然不应该对受重伤的人说坏话，可是自己想做这样的活儿，这确实是不负责任的轻率行为！"

我没有修正多丽特的错误。

"这会好的，"她安慰性地说道，"或许她可以从中学到一些东西。你先安静下来。如果你想来——那你就过来吧！"

我真想到海德堡去，希望能从多丽特那里得到关怀。可我现在没法开车，还得等着迪特尔回来。

为了让我重新保持清醒的头脑，我给自己冲了一杯浓咖啡，可咖啡马上被呕了出来。后来我爬上楼梯，观察事发现场。我用一台望远镜搜寻似的注视和我们后面院子相邻的房舍。格罗的几个朋友也住在那里。人们从那里可以观察到这边的动静吗？不，那些可恶的冷杉树挡住了视线。即便我自己用望远镜，也无法看清是否有人在那边的屋子里擦窗。这一事实稍稍使我放下心来。此外，救护车到来时，既没有邻居也没有路人赶过来看热闹。

问题是玛格特本人。她知道是我松开了她的手。我能说什么才能免除我的罪责？恶心不能成为托词。有一只马蜂在咬我？"真是愚蠢。"我大声地纠正自己的错误，十一月里怎么会有马蜂呢。兴许是一只特别恶心的蜘蛛？这个很可能要比一滴简单的汗水更有说服力。

一小时后我打电话给医院。有人问我是否是她的亲戚。"不，只是她的一个熟人。"然后他们就不给予答复了，不过重要的是，院方希望立刻通知她的家属，让他们赶到医院里来。我答应尽快办理此事。玛格特有父母吗？我甚至连她的娘家姓什么都不知道。我该去问谁呢？我给莱文的一个朋友打了电话，可他在关键时刻没法帮上忙。

迪特尔终于回家了，他在大门口时我就奔了过去。他马上从我的脸上看出出事了。"我带你到玛格特的医院去。"我支支吾吾地说，只去拿了一件外套。我从梳妆镜里看到我还一直戴着头巾，那是我在打扫卫生时包起来的。

在短暂的路途中，我就像和多丽特说过的那样，也把这起事故给他讲了一遍。

有人将我们带到监护病房。玛格特全身插着仪器和管子，处于深度昏迷状态。一位大夫把我们领出去，把迪特尔拉到身边，告诉他玛格特的身体状况。我后来听到他说，已经回天乏术了。迪特尔可以留在她的床边，我在外面等候。两小时后，玛格特不治身亡。

迪特尔默默地开车回家。到了家里，我带他到厨房，给他泡了茶，旁边也放了一杯白兰地。他只端起了茶杯。

我不知道是否该说点儿安慰性的话以及该说哪些安慰性的话。"她肯定没遭受折磨，"我说，"她马上失去了知觉。"

"我的上帝！"迪特尔只是说道，"她真是一个倒霉蛋。她终于在这个房子里过得好好的，可现在一去不复返了。她尽情地享受这一切，因为你们的慷慨大方而有了一个漂亮的住所，一间浴室，还有暖气……"

真是受不了了。我一下子仰天呼号，根本没法停下来。迪特尔抚摸我的头发。他始终没有流露出自己的情感来。

第二天早晨，我必须重新上班去。或许工作才是最好的药物。下午，迪特尔打电话到药房找我，之前他从未打来过电话。莱文还没有回来，但警察已经来过了。对造成重伤或者完全导致死亡的意外事故，他们要按照习惯进行调查取证。因为我是唯一的证人，所以警方希望我在下班后到维尔海姆警署去一趟。

我被吓住了。"他们想知道些什么？"我问。

"他们主要看了一下阁楼间、窗户以及坠落的高度，也对一同坠落下去的百叶窗和长毛绒拖鞋拍了照。"

我承认事发当时和她在同一个地方，那是一个错误。可我和多丽特、迪特尔说到这事时，我必须考虑到玛格特不会死去，她一定会讲述自己坠落的真相。这样的话我就要被这个讨厌的女人牵涉进去，我们两个人的说法就会对不上号。

我到了警署，还得先等着，于是陷入越来越大的恐惧之中。当警官终于录完我的口供，我对这起案件不再那么紧张了。

"您和克罗斯曼斯基太太是朋友吗？"警官问我。

我克制住自己的情绪，说道："我们住在一个房子里……"

警官又问，我从哪儿认识她的，认识她有多久了，是否除了我们俩之外没有其他人在这个房子里了。我不喜欢回答这些问题。

最后，我听到警官很温和地指责了一句："很清楚，绝大多数严重的意外事故都是发生在做家务时，只是怎么会如此轻率，竟然在十一月一个潮湿而阴沉的周日，穿着拖鞋爬到阁楼间的窗台上去准备拆下百叶窗呢？"

"一切发生得那么突然，"我说，"我们当时雄心勃勃，想在这个周末在没有男人帮忙的情况下到阁楼间打扫卫生。我擦洗右边的窗户，完全没有好好注意一下克罗斯曼斯基太太在忙什么。突然，我听到一声可怕的惨叫，回头望过去时，她已经坠落楼下。"

在此之前我考虑过，无论是我的指纹还是玛格特的指纹，都有可能在两扇窗户上发现，可警官在任何方面都没有反驳我的陈述。我在口供记录上签了字，然后想回家去。

"最后一个问题，"我走到门口时，警官说道，"克罗斯曼斯基夫妇搬到了赫尔曼·格拉贝尔的房子里——我是说，搬到了您的房子里，那是怎么一回事呢？"

"哦，他们是我丈夫的熟人。"我冷静地说。

那两名警察交换了一下眼色。"又是我们的莱文。"其中那个年长的说了一句挺晦涩难懂的话。

迪特尔是个有心人，他已经摆好了餐具，烧水壶在嗡嗡作响，烤炉上冒出了引起人食欲的饭香味。

茶好极了。

"或许他们跟你讲过，我们两个人曾被判过刑。"迪特尔查问道。

"你说'我们俩',指的是谁?"我问。他说是他自己和玛格特。没有,警方恐怕也有保守秘密的义务吧,他们没有提到克罗斯曼斯基夫妇的品行问题。

"他们很惊讶你竟然和我们住在一个房子里。"迪特尔又说道。

我到现在为止根本没有想到这一点。

迪特尔从炉子上拿来了蔬菜烤饼,我开始津津有味地吃了起来,不再神情恍惚、心不在焉了。

11

那个夜班护士换班前最后一项任务，是测量病人的体温。发现我的衬衫被汗水打湿了，她很为我担忧。我的健康状况不妙。冲好澡后，我穿上了多丽特的一件漂亮长睡衣。

我偷偷地朝海尔特太太瞄了一眼。她夜里在仔细听我说，还是已经睡了？她对玛格特的死亡会做出怎样的反应呢？

看来是积极的反应。我们的目光相对时，她说道："早上好啊！"然后，她表示愿意和我用亲昵的"你"称呼，完全出乎我的意料，也稍稍有点儿让我尴尬。"我叫罗塞玛丽。"她以同谋般的口吻说道。

稍后，她问道："莱文还活着吗？"她大概在期待我的故事里的人物一个个统统完蛋——就像在阿加莎·克里斯蒂的《十个小黑人》的侦探故事里那样。

到了第二天，莱文依然没有回来。迪特尔花了不少周折，打电话到格拉纳达调查，他稍稍能讲点儿西班牙语。他获悉，那对年轻的新婚夫妇蜜月旅行去了，客人们全都走了。

我并没有担心莱文，尽管迪特尔流露出这样的想法。如果我的丈夫真的在外面开车出事，我肯定早就知道了。我喜欢没有莱文和玛格特的安宁日子。我真想享受命运赐予我的短暂而美妙的时光。迪特尔偶尔会悄悄地到厨房间里转悠，这更让我感到高兴而不是觉得自己受了打扰。只有我的雄猫帖木儿为我担惊受怕。自从玛格特去世之后，它几乎不想吃东西，它在为她哀悼。虽然我很清楚，它会利用我不在时到楼上去，可是因为它偏偏喜欢我的敌人，所以我就不相信它了。可谁能预料到它的胖脑袋瓜里究竟会想些什么呢。

一天晚上——莱文逾期不归——我回到家，看到暗处有一个不显眼的身影站在大楼门口，此人乱发稀疏，顿时让我想起玛格特来。原来是玛格特的母亲来了。迪特尔不在家。我别无办法，只能让这个女人进屋。她就住在附近的一个村里，和女儿中断联系多时，现在从警方那里获知女儿的死讯。她看我的眼里满是指责。我惴惴不安地表示很抱歉，我只是这里的女主人。

我得烧水泡茶，还要借给她手绢。米勒太太叙述说，她这个非婚生女儿的父亲已经去世。玛格特十五岁时就走进吸大麻场所，最后走上了吸毒的不归路。她到戒毒所戒毒，又偷偷溜走，在雏妓队伍里被抓住，后来在一名社工人员的关怀下改邪归正，开始学做裁缝。在又一次擅离车间之后，她被辞退了。旧病复发之后，一切又从头再来。终于，米勒太太不再想了解女儿的任何情况了。

这样的故事我不是经常能听到吗？

好在迪特尔稍晚才回来。现在他不得不耐心听完那些愤怒的指控了。数小时后，他坐到我的暖房里时，已经和我一样疲惫不堪了。

次日，我收到一封电报："在摩洛哥，一切安好，爱你的莱文。"迪特尔也看到了电报，只是摇摇头："不是真正的英国绅士风格。"

我对此无所谓。没有了搬弄是非的人，我在家是一种享受。我迫切需要善待自己。每天我都从海德堡带来某种美化房子的物品，几束漂亮的鲜花、香烛、真丝软垫或者一条名贵的地毯。

每天晚上我和迪特尔坐在一起。我们轮流下厨。我突然发觉我的饭菜做得好吃一些了，一旦他不出现在我面前时，我就感到有点儿失望。

偶尔我有兴趣挑选阁楼间的墙纸，可我对进入这些房间始终有顾忌。迪特尔现在独自一人住在楼上，而且说实话，我不愿再想他搬家的事了。

有一天，我哥站在门口——幸运的是没带家人。虽然他只待一个晚上，但我很是高兴。我们俩坐在一起，亲密无间、无拘无束，谈起我们的童年时代、我们的父母亲以及我的婚礼。后来博勃冷不防说道："令人吃惊的是，爸爸在你的婚礼上吃肉了，或许他已经消除打击了吧，谁知道呢。"

"哪个打击？"

"你说什么，母亲从来没有向你透露过⋯⋯"

我直愣愣地盯着他看。母亲又一次向我哥透露我所不知道的秘密。旧伤疤裂开了。"你可以开讲了！"我吩咐道。

我们亲爱的祖父是一个大纳粹，这事我们大家都知道，可是谁也不会去谈论。

直到他去世多年以后，父亲看到了最后的正式文件，才渐渐认识到自己竟然是罪犯的儿子。祖父曾经协助过一个安乐死的实验项目。他——虽然根据上级的命令——给城市医院的精神病患者服用或多或少能让他们尽早死亡的有毒药物。在一份用密码书写的详细报告中，记录了包含死者名字起首字母的案例。总是出现这样的句子："服用柯尼斯堡肉丸后死亡。"看来他安排难吃的药物隐藏在味道不错的荤菜里了。

"有了这一发现后，父亲成了素食主义者。"博勃说，满怀期待地看着我。

我心跳急速加快。

"你从祖父的遗产那里仅仅获得了一张皮椅子，"博勃说，"摆在家里的爷爷那只摆钟我不想再要了。就我对你的了解，你恐怕是想要的吧？"

我点点头。或许我的家人早就把那些小玻璃瓶忘记了。"祖母是因为什么病去世的？"我突然问道。

"死于带状疱疹，我想。"博勃马上回答道，他预料到了我的险恶念头。

接着是多丽特带着孩子过来了。那天天气暖和，两个小孩子奔到院子里玩耍，想要抓乌鸫。我们从暖房里一直可以注意到他们的动静。

"你消除打击了吗？"我的女友问。

"还可以吧，"我回答，"可莱文消失了。"

"你说什么？刚结婚就溜之大吉了吗？"多丽特不愿相信这一事实。

"不，恐怕不是这么回事。他去看望安达卢西亚的朋友，从那儿去了摩洛哥，到现在还没有回来。我应该为此感到担忧吗？"

"要是格罗这样，我早就急得发疯了。"多丽特说，"莱文还依然习惯于自由自在的大学生生活。可这至少很无耻！"

"多丽特，你认为莱文会是一个富有责任心的父亲吗？"

"这个永远不会知道。可是，一桩事情开了头，就得干下去——你是希望拥有他的！"

"多丽特，我还没有孩子，我完全可以重新取消所有的一切。"

"在我看来你就是一个十足的骗婚高手！将财富和梦寐以求的别墅据为己有，然后重新甩掉男人！我究竟该如何看待这件事呢？"

她说得对。如果我提出离婚，从道德角度我必须放弃我的财产，否则至少背弃了我所有的原则。要不然的话？"我喜欢这个房子。"我说。

"我能理解，"多丽特回答，"换作我也不愿意把它交给别人。再说，很多男人有了孩子后会有变化，最终会长大成人。"

天暗下来了，我们把弗朗茨和萨拉叫到暖房里。我准备了一些可可饮料和饼干。"如果我能为自己的孩子做饭的话，那该有多好呀，"我想道，"把孩子的红鼻子擦干净，织羊毛衫，现在在圣诞节前可以和他们一起烘烤糕饼……"

　　喝完咖啡和可可的茶歇之后，他们走了。多丽特将那条有着蓝色航海装饰的黄色真丝围巾落下了。我匆匆用鼻子凑到那里闻了闻，有一股昂贵的香水味。

　　我走到窗口，只能看到她的汽车亮着尾灯，然后看了看表。迪特尔到哪儿去了？

　　我恍然意识到，人的一生中有多少时间是在等待中度过的。这是一个消耗你的神经的工作，因为我无力在等待的过程中做些理智而连贯的事。我把饭菜热了多次，又从炉子上拿走以免煳掉，然后再加热，直至最后完全煮烂没法吃为止。和我的母亲一模一样。

　　于是，我不做饭了，可没有了活儿，等待反而变得更难受。我在绝望之中用清除猫毛的透明胶带粘除我的蓝色套衫的灰尘。我老是从窗口窥探，如果有灯光，表明迪特尔的奔驰车就在附近。我快要流泪的时候，他回来了，马上请求我的原谅。

　　"哦，你那么晚回来？"我问，"我根本没有注意到。"

　　我无法伪装自己：迪特尔早已明白是怎么回事了。他将我拥入怀里，亲吻我。我们一起做奶酪吃，后来就待在沙发上。楼上和楼下的双人床都没有使用。

若不是玛格特每天晚上在梦里骚扰我，那么接下来的日子真是幸福得没话说。我对莱文不感兴趣。可惜他的钱肯定马上就要用光了……

　　这种处于和陷入悬而未决中的美妙状态当然不会长久。一周后，乌云来临。一下班，我归心似箭地回到我的爱人那里，这时我看到迪特尔站在大门口，我已料到大事不妙。

　　莱文从摩洛哥打来电话。他被拘留了，原因是他开车撞倒了一个老太。根据他的描述，她是故意撞他的保时捷。付了保释金后他就可以获释，然后可能还要聘请律师对付诉讼。

　　"天哪！"我嚷道，"这个老太究竟出什么事了？"

　　"好在不是很严重，胳膊骨折，是可以治愈的。"迪特尔说，"莱文请我立即给他筹钱。从一定程度上那就是贿赂金，必须亲自送交到他们手上。"

　　我点点头："要多少？"

　　他们的要价太狠了。尽管我马上表示同意，愿意第二天到银行取钱，可我感觉不对。为什么就不能给德国大使馆汇款呢？

　　从迪特尔悲伤的脸上，我看出他更愿意和我待在一起。累人的旅途对他也没有什么乐趣。我毫无怨言地将许诺的钱从银行取出，换成美元交给迪特尔，然后和他告别。玛格特的葬礼是在没有他的情况下举行的。

　　现在，趁我一个人留在家里，多丽特和格罗·迈森夫妇邀请我和他们共进晚餐。两个孩子睡觉了，格罗在抽着雪茄烟，空气里弥漫着一股亲切的芳香味。窗口挂着圣诞装饰物，最后一道甜点是苹果派。我们在闲扯时，格罗只是三心二意地听着那些八卦新闻。在提到侦查信息时，他有话要说了。"你要说我是一个喜欢传播流言蜚语的饶舌妇了，赫拉，"他说，"可是或许你应该知道我最近从维尔海姆的朋党那里了解到的情况。"

格罗从他的酒友们那里听到的任何消息，我总是想知道的。

"在维尔海姆，格拉贝尔一家始终是人们议论的话题，正因为如此，对他孙子的闲言碎语也一直没有停止过。并不是我听到了你的莱文一些负面新闻——可是他在交往方面并不总是无懈可击的。"

我竖起耳朵细听。说到了迪特尔。

"我知道，他蹲过班房。"我说。

"你知道是为什么吗？"

"毒品吗？"

"也包括毒品，"格罗津津有味地说，存心让我心神不定地等待着，"你的房客主要是因为身体伤害罪才坐的班房。"

也就是说，莱文对我说的闲话还真有其事呢。迪特尔始终仅仅以平心静气和和颜悦色的面貌出现在我本人面前。

"这恐怕是很久以前的事了吧。"我为我的情人辩护道，"人是会变的，可他们身边那些可敬的人却忘记了，永远不会原谅他们。"

"赫拉，我只不过是在复述听到的话。说不定他现在已经变成了一个规规矩矩的社会成员。尽管如此，你还是应该小心点儿。"

多丽特在仔细打量我。凭着女性的直觉她马上意识到，一提到迪特尔的名字我就变得烦躁不安，脸涨得通红。格罗的话深深地刺痛了我。

"像过去一样我们又能相聚在一起真好。"格罗又说道。可告别时他带着讥讽的口吻说,"你的婚姻不错啊,你看起来挺好的。"

"是的,"我想道,"我和这个情夫幸福了几天。"要想把他赶走为时已晚,我已经爱得他晕头转向,而且要比和莱文那种强烈得多。

和莱文离婚,我可以提出什么样的理由呢?主要就是他和玛格特有关系。可我应该公开承认这种耻辱和我的仇恨吗?警方说不定要对玛格特的死因产生更浓厚的兴趣了。我不知道是否已经结案。为了谨慎起见,莱文永远不该知道我曾经监视过他和玛格特的一举一动。此外,我也非常希望迪特尔并没有告诉过莱文他是我的情人的事实。否则很容易让人猜测到这样的情况,原来他做我情人已有很长时间,而且我又有了一个把她推下楼去的理由。哦,迪特尔可不会笨到去出卖我们自己吧。

可是现在,猜疑在蔓延。迪特尔已经出门四天。其间他打过一次电话过来,时间很短,可我几乎没听明白他在说什么。

一天晚上,我上了楼,因为玛格特的缘故,上面的房间我一直不喜欢进去。他们一起把那里糟践得杂乱无章。部分是因为赫尔曼·格拉贝尔那些令人厌恶的家具,部分也是因为一些大件垃圾的东西还在那里四处堆放着。

所有出自玛格特的东西,我都感到厌恶。卫生间里还摆放着她那只黏糊糊的摩丝瓶、她的化妆品、她的指甲油。迪特尔依然把一切扔在那里不管，仿佛她会马上旅行回来似的。那他的东西呢？我迟疑不决地打开卧室的那只衣橱。迪特尔那些深黄色的粗花呢大裆矮腰裤和玛格特的紧身黑裤并排紧挨在一起。

在布满尘埃的客厅里，摆放着两把旧沙发椅、一只有镶边灯罩的落地台灯、一只门已被卸下的小柜子（里面放着收音机和电视机）以及赫尔曼·格拉贝尔一张硕大无比的栎木书桌。我小心翼翼地拉开抽屉，其中有一只上了锁。那些抽屉里没有特别的东西，全是些香烟、目录和发票，照片、剪刀和回形针，信封和信纸——莱文爷爷的遗物——还有一盒莱文有时也会作为礼物送给我的那种夹心巧克力。

我对上了锁的那格抽屉很感兴趣。正如那天在我的婚礼上一样，我想到了蓝胡子的最后一个妻子，她一定要检查那间禁止入内的房间，尽管她和我一样已经预感到灾难临头。或许在这只抽屉里，我可以发现迪特尔此人的关键性暗示。可眼下我就缺少那把真正的钥匙。

我真的必须用刀撬开这只抽屉吗？是否迪特尔已把钥匙带走了？或许他把钥匙藏到什么地方去了。我坐在一张被撞瘪了的沙发椅上，心想他会把一个小东西藏到哪儿去呢？会在那些拙劣的油画作品后面吗？

我取得了空前绝后的胜利，仅仅取下了一幅偏黑的荒原风景画，就找到了那把钥匙。我像是一名侦探大师一样，不用翻箱倒柜地寻找，仅仅凭借自己的想象力就解开了一桩惊天大秘密。

我惊恐万分地打开抽屉。我真的完全不希望打开它，我对揭发特务已经没有任何兴致。

只第一眼，我就看到了那些钱，它们放在敞开的雪茄盒里。
那是美元。而且恰恰是我兑换的美元中的一半数目。

12

一个人待在医院里，有时得孤独地躺在床上，没有人来看望你，也没有任何信件寄给你。有时也有另外的情景，客人们一拨一拨地纷至沓来，到了晚上，你会精疲力竭。

这一天出现了，我曾经最早的女同事奥特茹特第一个过来看我，我一向以为她是不喜欢我的，因为我在各方面始终要比她强。可惜我至今都不知道她究竟挣多少钱。对我觉得她受到优待的问题，那个女上司始终保密着。她们毕竟是两个运动员，身上有着许多共同点：女上司热衷于骑马，女同事是曲棍球运动员。周一，两个人就把身上的乌青块展示给我看。因为生硬的握手，我才尴尬地想起她的爱好来。"赫拉，你是怎么回事呀？"奥特茹特一边说，一边将一束蒙上灰尘的蜡菊放下来。

我很高兴她走了。无论如何我要感谢她有关婴幼儿瓶装营养食品的指点。药房里每天日常使用的食品不是太多，但只要用上一些青年专用糖水桃子，再配上奶油和几只新鲜浆果，就可制作出精美的餐后甜点，而且这当然只需批发价就可搞定。

"我有一个女友，"罗塞玛丽·海尔特劝导我说，"用摩丝给干花修整，当然是没有氟利昂的那种。"

这一天，我们的病房里挤满了人，罗默尔太太、鲍威尔、科尔雅、多丽特以及格罗都在房间里。我的邻床第一次有了一位男性访客，他是一名药剂师，名叫施罗德。

最后，所有的人都被毫无怜悯之心的凯撒博士轰出去了。之后，我差点儿因为身心疲惫没把故事继续说下去。

从迪特尔的抽屉里发现这笔钱，使我完全不知所措了。我为此给自己想好了各种各样的解释。最难以相信的解释，那是迪特尔的个人财产。更确切地说，这一切看起来好像他是想欺骗我。只有迪特尔和莱文说过话，他跟我说起的那个疯狂的故事未必确有其事。可是，假如我的情人打算拿钱溜走，那么他应该拿走全部的钱才对。而如果他对我撒谎，那么一旦莱文回来，一切将水落石出。

谜底无疑是两个人狼狈为奸。汽车撞倒女人的事甚至有可能是真的，这符合莱文的驾驶风格，如果迪特尔果然带了保释金到摩洛哥去，那还可以忍受。可书桌里的那些美元，那可是彻头彻尾的欺骗。

哦，真是忘恩负义的家伙！我骂骂咧咧道。为什么我一再上同样混账东西的当呢？好吧，我没有授予莱文处理我的账户的全权，他从法律途径无法得到我的财产。

"你们拿不到我的财产，"我想道，"反正我和你们一样聪明。"

可只要想到有人可能对我谋财害命，那真是可怕。遇到公开的斗争时，我肯定要吃亏了。不如自己装出听话再带点儿幼稚的样子。要么我把房子和财产转让给莱文作为无私的表示？

"金钱改变人的本性，"我想道，"以前我并不看重物质的东西，我的要求很少。"可是，等到我几乎一事无成时，我才明白过来自己以前同样搞错了。

第二天，迪特尔打来电话。一切很顺利，他们已经到了西班牙在北非的领地休达市，准备于次日摆渡到西班牙南部的阿尔赫西拉斯。

莱文接过电话，真诚地讲道："保重，宝贝，我明白你很生气。但如果我告诉你我经受了怎样的艰难困苦……你觉得这样行吗，如果我和迪特尔还能在这里的南方待上几天，并且稍稍能休养一下的话？"

我稍稍显出委屈，还有一副担惊受怕的样子，好像听到莱文深深地吸了一口气然后点上了一支烟。

现在我还有几天时间可以考虑我的策略。我第二次爬上楼梯。或许有什么我没注意到的迹象。帖木儿"嗖"的一声跟我上去了，马上在一张绿色套子的沙发椅上坐下了，上面长满苔的表面被它抓了一个浮雕状起伏。

我在卧室里待了很久，打量有着俗气的犬蔷薇图案的法兰绒被套，或许是二十世纪六十年代莱文的奶奶作为新品买来的。它们上一次清洗是在什么时候？我稍带呕吐反应地抬起由三部分组成的床垫和那只楔形小枕头。但这种受人欢迎的藏匿之处大概仅仅适用于老人吧，专业人士自己有银行保险箱。

可惜我无法直接拿走我自己的美元。

我再一次查看了那些证件。我没有看到各类证书、文件和医疗保险证明，以此猜测迪特尔应该还有第二个保管箱。就连他的其他财产也是少得可怜，只要两只箱子就能全部装下这些东西。至少我找到了一张照片，是他和父母以及兄弟姐妹的合影——那是一个大家庭，他们摆出伪装的僵硬而文雅的姿势。看起来和我当时家里的情况不一样，好像他们父母家没有一台照相机，能够抓拍到孩子们的所有生活状况。可以看出他们是穷人。

艰难的青春岁月！我有什么权利去谴责迪特尔呢？我突然觉得我的美元并不重要。我爱这个男人，完全无所谓他准备干什么，而且他也爱我。我愿相信我的直觉。

我反复考虑是否该到律师那里去。一旦莱文花光了钱，他就难以同意离婚了，可是他能阻止我这么做吗？

他完全有可能这么去做——尤其是对他而言我是一个令人反感的知情人。我必须像赫尔曼·格拉贝尔那样采用一种类似的策略：起草一份遗嘱，如果我去世，财产将划归红十字会所有。我想第二天出点儿费用把这样一份文件存到地方法院里。莱文将收到一份复印件。

在完成了一系列令人感到烦琐的手续之后，晚上我回到家里，看到保时捷和奔驰车并排紧挨着停放在入口处。先生们又回来了。我双膝颤抖地在汽车里待了几分钟。我应该拥抱莱文还是迪特尔呢，或者两个人都不拥抱？

不管怎样，我早晚都得进去。我还没有找出钥匙来，大门开了，莱文突如其来地紧紧抱住我。

桌子上已经充满节日气氛地摆好了餐具（塑料托盘除外），蜡烛点起来了，闻起来有一股热黄油的味道。他必须好好弥补一下，莱文说，然后给我倒了一杯雪利酒。

辛辛苦苦地工作了一天，又在十一月灰蒙蒙的迷雾之中开车走了一段比较长的路，此刻回到温暖的家里，自然是一件赏心悦目的事。我常常以这种方式迎接其他人，自己很少得到这样的礼遇。美味的雪利酒对空胃有好处，我同样有点儿感兴趣地注视着莱文。他皮肤那种油腻的古铜色，几乎就像饭菜的香味一样能够增进人的食欲。

"迪特尔还在洗澡呢，他本来不想和我们一起吃饭，可我想你是不会反对的吧。"莱文说。

我迷迷糊糊地摇摇头，他第二次把我的杯子倒满酒。我的位子上摆放着包装精美的礼物。"马上我就要和我的情人、丈夫一起坐到餐桌上了，"我想道，"莱文似乎还一无所知呢……"我还没来得及想象这样的场景，迪特尔已经进来了，看起来几乎和莱文一样是那种充满诱惑力的古铜色。两个人精神状况极佳。迪特尔吻了我的脸颊，然后在烤炉旁做威灵顿牛排。"马上就好，"他说，"但愿你已经饿了！"

他们又在暗中策划什么事了？

我们品尝美食，开怀畅饮，谈笑风生，开心逗乐，那是一个令人心醉的夜晚。当然，置身于两个风趣的男人之间，本身就是一种享受，两人对我大献殷勤，讲述一些骇人听闻的故事。我打开我的礼物。富有东方风味的甜品、玫瑰油、西班牙短靴以及一只仿古的银制烛台。莱文喜欢大手大脚花钱。

迪特尔送我的礼物是一张摩洛哥的地毯软垫，它尤其和我爷爷的皮沙发椅很般配。今天就像在过圣诞节似的。我几乎要感到内疚了。

那么多漂亮礼物都是用我的钱买来的！我有点儿喝高了，显得很动感情。现在恐怕是睡觉的时候了，免得让美丽的夜晚在哭泣之中结束。

我感到头晕眼花。他们难道在我的香槟酒里混了什么其他东西吗？几乎不可能，因为莱文马上到了卧室，用我从未见识过的激情将我紧抱在他那晒成古铜色的男人怀里。我不得不承认，原本只和迪特尔睡觉的打算，在这一刻已经被我忘得精光。

第二天早上，我有点儿酒醉后的难受，很遗憾这不能成为逃避工作的理由。两个男人在睡觉。我脑子晕乎乎地坐在厨房间里，出声地喝着浓咖啡。我的处境又完全混乱了。在我头重脚轻地吃早餐时，玛格特像个幽灵坐在我旁边，说道，以前她被两个男朋友分享，现在轮到我了。

我满怀疑虑地坐到汽车里。现在是冬季，早上七点天还是黑乎乎的，圣诞树的电子灯光在各家门前的院子里四处闪烁。小时候，它们就会让我想起即将来临的圣诞节假期，黑暗的上学路就会让我变得轻松愉快。可现在，已有多年，到了假期，我只是不想回家，宁愿将这一重任交给我的哥哥，他至少可以向我们的父母显耀自己的孩子。今年我要和两个犯罪男人一起庆祝圣诞新年，而绝不是在自己的小家庭里。我没有任何进步。

翌日晚上，莱文依然对我体贴温存，我们单独在一起。我小心翼翼地问他是否钱够花了。

莱文全神贯注地看着我："我们好在没有为赎身花光所有的钱，否则就真的没法回来了，也没法度几天假了。"

我完全善意地问了几个有关拘留的问题，因为一个人由于交通事故被关押起来，我越来越觉得不可思议。

莱文说自己差点儿被受伤女人的家属用私刑处死，多亏警察及时解救才使他从愤怒的乌合之众那里脱身。

"那个女人多大？"我问。

"可能三十吧。"

迪特尔说的是一个老太，这是第一个驴唇不对马嘴的地方。第二个对不上号的是，莱文晒黑的程度要比迪特尔深得多。我没有说出我的怀疑。也许我的恐惧真的荒谬可笑。两个男人显得很迷人。自从玛格特不在以后——顺便说一句，我们从来没有谈论过这个话题，莱文的性趣也有了提高。很清楚，她曾经完全把他给占用了。迪特尔避免单独遇见我。我们俩之间既没有说过话也没有重新流露出含情脉脉的举止。

作为药剂师，我出于好玩会给自己做妊娠测试，而自从和莱文结婚以后，这也绝不是第一次。就在圣诞节来临之前，我又做了一次。在我的一生中，测试第一次显示结果为阳性。

我当然知道怀孕早期这种测试的差错率很高，只有 B 超测试才可靠。可我的感觉告诉我，这次我真的怀孕了。早上我因为恶心无法吃任何东西，约莫十二点，我却有了想吃新鲜的酵母糕点的强烈兴致，这种糕点含有黄色布丁，最上面还有三颗樱桃，于是我不穿外套——穿着白大褂——奔向隔壁的面包房，给自己买了四小份酵母糕点。

　　如果说之前我迷惘的话，那么现在我是疯了。这孩子是谁的？我在为一个绝对不道德的怀孕欢呼，或许是玛格特这样的轻浮女人才合适，可不是赫拉·默尔曼－格拉贝尔太太。我独自咯咯地笑起来，在车里大哭大叫，真想向全世界透露这一消息，可我想还是暂时保持沉默。

　　问题在于，我是否应该留下这个有着两个可疑父亲的孩子。以前我没有丈夫时也完全有机会怀孕——但出于责任意识还是避免发生此事（顺便说一句，我并非是一个完全死板的人，否则上述的测试就成为多余了）。现在我有了一个多余的爸爸，可这又是不合适的。

　　我多想和多丽特说说我怀孕的事啊，可我觉得说这事还太早。唯有帖木儿愿意作为精神病科大夫为我效劳，我也常常需要它的服务。为了谨慎起见，我一口酒也不沾了，喝榨出来的鲜橙汁（可还是把吃的呕出来了），在外面的新鲜空气下不停地散步。

　　"在家里遇到我的第一个生物，我必须向其透露我的秘密，"我终于像是在神经压力之下想道。人们在童话里会想到猫或狗，我想象它是男性中的一员，可这只能是在我的脚边蹭来蹭去的帖木儿。保时捷停在大门口，可无论是莱文，还是迪特尔，我都没有看到。我爬上楼去，楼上的房间里也没有人影。最后，我鼓起全部勇气走进阁楼间。莱文站在那扇事发窗子旁，一个人独自哭泣。

我轻轻地走到他跟前，将我的手臂搭在他的腰上。正如蒸锅里的巧克力很快融化一样，哭泣的男人也让我的心慢慢软下来。"她没有遭受过痛苦，"我说，"她马上失去了知觉。"

莱文毫无反应。他稍稍擤了下鼻涕。"我的鹿在哪儿？"他问。

"谁？"我不安地问。

结果表明，他说的是被那对年轻夫妇拿走的那只上面雕刻着雄松鸡和鹿的黑色衣帽架。他悲叹道，他奶奶一直跟他说起森林动物的故事。我安慰他，可对我准妈妈的喜悦却只字未提。

海尔特太太咯咯地笑起来："明天我要听到哪一只雄鹿最强，是吗？"

13

事实上罗塞玛丽不是个坏邻床。要是想到在过道里碰到的那些哭泣女人，那我甚至交上了好运。我感到很抱歉起初有点儿小瞧她了。

她似乎常常沐浴在大自然之中。要么和陌生的狗，要么和那名轮椅男子一起散步。她也因此成了一名业余鸟类学家，对依然生活在我们森林里的那几只鸟儿最为熟悉。最近她告诉我，一百年前有一个胡思乱想的人想把莎士比亚全集中出现过的所有鸟儿移居到北美去。自此以后，那里有了椋鸟。

不过我当然可以跟她说说有趣的话题，比如我怀孕的事。

圣诞渐近，我有孕在身，终于容许自己对低俗的艺术和多愁伤感的物件产生贪婪，这种贪婪在我心里已被压抑很久。这件圣诞树装饰品是祖父母送给我的，因为我母亲的心愿是要在时髦的树上配上粉红色或者淡紫色的蝴蝶结，她实现了自己的设想。我第一次打开那只小箱子，箱子里装满了易碎的银丝条、天使的头发、玻璃闹钟、被蜡弄得黏糊糊的小烛夹、木制玩具熊、小红帽以及用最精致的线锯细工做成的溜冰者，当然还有奶奶的假金箔天使。我打开这些宝贝时，迪特尔和莱文在一旁看我摆弄。绝大多数物件是为这棵圣诞树配置的，但雕花的青年唱诗班歌手和来自埃尔茨山的熏香炉在基督降临节时就可以布置好。

莱文喜欢怀旧，调制了一种由红酒、丁香花干以及糖混合而成的潘趣酒。这种混合饮料马上就让男人们晕乎乎了，他们开始胡说八道起来。

我已好久没看到过这个心爱的假金箔天使了。小时候，我将这个人物视为耶稣圣婴的化身。那张文雅的面孔和那双小手是用蜡做的。一条用硬硬的稍稍损坏的金箔做成的褶皱裙让天使变得光彩夺目，威风凛凛地站在那里。

"她说什么？"迪特尔问，"毒品天使？"莱文不禁纵情大笑。迪特尔也跟着大笑，两个人就这么笑得停不下来。

"我们的毒品天使要生气了，"莱文说，"你看看她的脸就知道，金发下面的青筋都暴出来了，清醒的头脑正在那里思考问题呢。"

那天晚上，他们一直使用这个称呼。若在正常情况下，我同样会尽情地享用这种红酒调制的潘趣酒，可我的特殊情况不允许我靠近它。因此我不明白他们之间的对话有何好笑。

他们的玩笑有了一层我预料到的含义：他们用我的美元做了一笔大交易，莱文根本没有被关进阴森可怕的牢房，而是到哪个地方去做冲浪运动消遣了。我充满怀疑地看着他们俩。"孩子的父亲是谁？"我一刻不停地想。经过反复测算，两个人明年做爸爸的机会大约不分上下。

"你们的毒品天使上床去了，"我说，"继续喝酒庆祝你们伟大的成功吧。不过别以为你们可以把我当傻瓜出卖。"

我问天使："我该怎么办？为什么我的生活一团糟？"天使保持镇静，引用《华伦斯坦的军营》[1]里的一句话："如果你不敢舍弃生命，你将永远无法赢得生命。"我感觉到自己尽管已经睡下，但老天的信使向我撒下雪花一样的白色粉末：可卡因粉末，白色雪片，你的路是如此漫长。

第二天，我朝一片狼藉的厨房瞥了一眼，重新有了想要呕吐的恶心感觉。难道莱文这次将毒药放进我的饭菜里了吗？无论如何我要找出我的遗嘱的复印件，并且示威性地把它摆在油腻的厨房桌子上。

我工作的时候一般不会去思考什么问题。除了匆匆忙忙到店里来取药的人之外，我们也有一些健谈的老顾客。他们通常是些孤独的老人，他们唯一的消遣方式就是和大夫和药房打交道。我知道我的工作有一种社会功能：不仅是提供指导，我们也要求倾听。我的女上司一看到那些坚持不懈的脓包就喜欢从视野里消失，可我从来不逃避。就连我那个运动员女同事奥特

---

[1] 德国剧作家弗里德里希·席勒（Friedrich Schiller, 1759—1805）的历史剧《华伦斯坦》三部曲中的第一部。

茹特，也会幸灾乐祸地喃喃道："赫拉，该你了！"

我偶尔不得不听到一些荒诞不经的故事，往往是"恶毒"的亲戚们干的。一个老太说，自己的儿媳妇要杀她，多次算错她的药量。事实上我从未怀疑过，在某些人家确有人略施小计就可以达到自己的目的，这样的机会在亲近的群居集体里也很容易得逞。

在药房里经常露面的大多是母亲们，她们给自己生病的孩子、老人们以及自己的丈夫购买药品，为自己购买避孕药。鲍威尔·西伯特则是例外，这是一个愁眉苦脸的中年男子，他就住在附近，为他的家人购买东西。我当时邀请我的女上司参加派对时，她为了让他高兴也把他带来了。

他是一个沉默寡言但讨人喜欢的男子，从不会把人拖进任何一个对话中。随着时间的流逝以及根据他出具的药方，我们发现他的妻子正在进行精神病治疗。我好奇的女上司从多丽特那里得知，这个可怜的女人为精神病所折磨，深受幻觉妄想症困扰。

那天，药房快要关门时，这位可悲可叹的同样也是长相英俊的男子进来了，我当时一个人在店里。这一次他似乎有点儿更平易近人。

"您太太好吗？"我冷静地问。

他警惕地看着我："她暂时在医院里。"

"有些人的境况比我还糟，"这是我想到的。自己又要工作，又要照顾好生病的孩子，他是如何做到的，我瞥了一眼药方问道。他的药方上显示他拥有博士头衔。

他是一家科学出版社的编辑，可以在家里处理自己的部分工作。"我可以很好地完成家务活，"他不无自豪地说，"只是很少碰到有问题。"此外，他不得不抱歉地说，尽管他曾经去过我家一次，但忘记我的名字了。

这我可以理解。"默尔曼，赫拉·默尔曼，"我说，"或者更确切地说：赫拉·默尔曼－格拉贝尔。"

这让他想起我刊登在报上的结婚广告。"我妻子当时说过：'一个掘墓人娶了一个沼泽女尸[1]。'"他兴高采烈地说。

我几乎感到很遗憾，他竟然知道我结婚的事。我生他老婆的气了：自己在疯人院里，让老公干家务，还拿沼泽女尸开愚蠢的玩笑。

我开始关上药房。"我丈夫，那个掘墓人，正在不耐烦地等待他的沼泽女尸的归来。"我郁郁寡欢地说。

鲍威尔·西伯特看出我没法接受他的玩笑。他很抱歉地看着我，我恍然意识到，我们彼此有好感。

回家的路上，恐惧如此强烈地向我袭来，我真想重新回到能够庇护我的药房去。莱文会如何看待这份遗嘱呢？

我的丈夫以深受伤害的严肃表情等着我。那份遗嘱就摆在他的面前。"这难道是玩笑吗？如果是，那是很糟的玩笑。"

---

[1] 此处是拿新娘新郎的名字开玩笑。"掘墓人"的德语"Totengräber"中的"Gräber"和"格拉贝尔"相似，沼泽的德语"Moor"和"默尔曼"中的"默尔"一样。

"这是我从你爷爷那里学来的。"我说,"杀害我不值得,因为你的钱已经花光了。"

莱文张着嘴巴呆视我。他这才明白过来,感觉内心受到了极大伤害。"你疯了吗?我花了千辛万苦,向你展示我的爱意和柔情,你却当真以为我要干掉你!我们在这个基础上是无法待在一起的!"

此刻我感到很遗憾,也感到很后悔。确实,自从这次旅行回来之后,他人变得和气多了。可我不会认输的。

"为什么我是你们的毒药天使?"我问。

我只是何必要当真呢,一个小小的文字游戏,两个酒喝多了的男人……

"我是当真过的,你们却拿我的钱干了什么肮脏的交易,"我说,"你们想要从年轻人的不幸和死亡中大发横财。"

此刻,莱文生气了。"怎么是你的钱?"他怒斥道,"这永远不是你的钱,每一分钱都来自我的家人。假定我真是一个恶魔的话,那么我现在完全可以当着我的面折磨你和强迫你订立一份新的遗嘱。那么你早已签署好你的死刑判决书了。"

"我年龄不大,又不生病,我也没有假牙。你得出点儿高招,才能不被判处为杀人犯。"

可以看出,莱文的脑子在思考。"你可以从阁楼间的窗子上坠落。因为深度抑郁症自杀。"

"谁也不会相信你的鬼话。"我说,"我这一辈子还从来没有抑郁过,我所有的朋友都可以为我作证。"

"我设法替你写一封遗书,"莱文说,"让你的朋友们不得不相信。"

我们怒目相对。我彻底累垮了。我对这个话题想不出任何东西来，于是开始鬼哭狼嚎。"我怀孕了。"我哽咽着说。

"你有什么了？你或许来月经了吧，我可知道你有多么歇斯底里了。"

我奔进卧室，继续在床上哭泣。没过多久，我听到大门"砰"的一声关上了，保时捷呼啸着疾驰而去。

莱文一夜未归。

第二天，骏马和马师始终消失得无影无踪。我穿着家居服走到厨房烧水。没有观众我没兴趣哭闹。我恰好把喝的甘菊茶吐到水槽里时，迪特尔进来了。我用厨房擦拭用纸擦干净嘴巴，呼吸沉重地坐到桌旁。迪特尔审视地看着我。我们彼此很尴尬。

"我已经多次听说，你每天早上感觉不舒服。"迪特尔以忧心忡忡又带点儿挖苦的语调说道。他榨了一杯鲜橙汁，让我闻新鲜的芳香味。然后他走到冰箱那里，拿出一罐可乐，倒了一杯给我。"秘方噢，"他建议道。我喝了，令人惊讶的是，那么冰冷可怕的饮料对我很有用。迪特尔用一种罕见的爱恋的手势抚摸我的头发后走了。

通常睡在我身旁的丈夫，从来没发觉我早晨的呕吐现象。相反，住在楼上的迪特尔却注意到了这一点。可要是迪特尔想到我怀孕的话，那么他想必会考虑到自己是孩子的父亲吧。要么男人从不推算日子吗？

这一天，我约好到妇科大夫那里去。我急切地期待他的鉴定。

之后我就急匆匆地探望多丽特去了。

"那这个准爸爸怎么说？"她问。

"他还不知道这一喜讯呢，你是第一个知道的人，我向你保证。"

"我恐怕要深感荣幸了。"多丽特说，"不过你要在他面前感觉他是第一个知道的。"

接着，我们谈了很多我目前的心理状态以及怀孕时的种种令人费解的欲望，这是多丽特始终喜欢的话题，出于礼节她很少把这种话题强加到我的头上。

可因为我既没有高兴得手舞足蹈，也没有要求打开香槟酒好好庆祝一下，她带着充满预感的怀疑问道，是否我和莱文之间有点儿不对劲。

"哦，没有，"我说，"可我身体一直很差，我本来就没有真正相信有这回事。"

"会一天天好转的，"多丽特说，"第三个月之后，恶心就会突然消失，随着你的肚子越来越鼓起，你的梦想就会变成现实。"

我在多丽特那里待了很久，其结果就是格罗是第二个知道我怀孕的人。他吻了我，和他的妻子眨眨眼，说道："但愿多丽特不是利用这种机会劝说我再生第三个孩子！"

她笑了："你马上让我想到一个主意……"

终于我驾车回家。莱文会在家吗？如果在，他会露出怎样的神情呢？

正如和上次一样，两个男人坐在厨房间里，已经乖乖地做好饭了。"我今天买了一只波兰冻鹅庆祝圣诞。"迪特尔说。

"我刚看过大夫，"我大胆地说，"我怀孕第二个月了。"

莱文怀疑地看着我。

迪特尔出乎意料地立即拿了一瓶香槟酒以示庆祝。我完全违背了自己的新原则，喝了一小口香槟，享受自己终于重新成为被关注的中心。这一个夜晚，我们仿佛未曾发生过恶毒的争执似的，三个人彼此心心相印，和睦共处。假金箔天使摆在暖房里的棕榈树上，在为我们祝福。

可惜我是一个任性的人。我有一种令人毛骨悚然的感觉，玛格特正躺在吊床上注意我们的动静——实际上是那只欢乐的雄猫在那儿摇晃——玛格特在盯住我不放。她也有过身孕——至于孩子是谁的，同样难以推算出来。

"别喝那么多了！"我突然吼道，两个男人惊恐地盯着我看。

帖木儿也从吊床上跳了下来，吊床继续猛烈地摇晃了很久才停下。

我依旧像平时一样，在他们的吩咐之下，只好回去把厨房收拾干净。

莱文的第二次旅行是迫不得已和突如其来的，也是一件很痛苦的不得不去做的事。他接到从维也纳打来的电话，他的母亲出了严重的交通事故。从莱文悲伤的脸上可以看出，这个故事并非杜撰。他并没有问我要钱，但我自然给他购买了一张机票，并且兑换了奥地利先令。我很想给他买上一件大衣，可莱文出于原则只穿短上衣。

我应该和他一起过去吗？目前我讨厌乘坐飞机旅行。我只知道莱文的母亲是安内特·冯·德罗斯特－许尔斯霍夫[1]的狂热崇拜者。她想给自己的女儿取名安内特。让她失望的是，她生下的是一个男孩，于是只好用安内特青年时期的男友莱文·许京给儿子取名。

离圣诞夜还有五天时间，我休了两个星期的假。我有点儿忐忑不安地想到自己现在是和迪特尔独自在家。或许他会争取和我好好谈一谈呢。

就在我们在基督降临节烛光下吃晚饭时，迪特尔深深地叹息了一声作为开场白，我不得不问了一句："怎么了？"

"对我来说身处这种场景可不容易。"迪特尔以友好然却带着悲伤的语调说道，"你和莱文待在一起有多么幸福，你和我的日子看来已经遗忘了。"

我申明完全相反。

"个人的情感不是特别重要，"迪特尔说，"现在重要的仅仅是孩子的幸福。"说完，他以一种痛苦的眼光看着我，我一时冲动地拥抱起他来。

"我们有几天单独在一起的时间，"我开始道，"我度假……"我觉得自己相当轻佻。

"你怀孕了。"迪特尔提醒道。

---

[1] Annette von Droste-Hülshoff（1797—1848）德国女诗人、小说家，代表作中篇小说《犹太人山毛榉》。

我简直疯了。"孩子是你的。"我说。

迪特尔举止得体：他拥抱我，亲吻我，显得非常快乐。"你什么时候告诉莱文？"他问。

"眼下真的不行，"我拒绝道，"他母亲可能快要死了。"

那天晚上，我、迪特尔和那只妒忌心十足的帖木儿一起睡在床上。我对自己感到惊奇，可这简直美妙无比。

14

　　有些东西罗塞玛丽搞不明白。比如，和孩子相关的问题，他们有时在我们安静的房间里嬉闹，他们是谁？又是谁的孩子？

　　多丽特有两个孩子，我解释道，弗朗茨和萨拉，他们和鲍威尔的孩子——科尔雅和莱娜年龄相仿。

　　"都是些什么样的名字呀，"罗塞玛丽嘟囔道，"但这真的不是问题的关键。就是说，科尔雅和莱娜是鲍威尔和疯女人阿尔玛的孩子，对吗？"

　　我点点头。

　　"那个最小的男孩，那个讨厌的家伙呢？"

　　"他叫尼克拉斯。"

　　她嘟哝道："真是乱七八糟！你想喷点儿香水吗？那就继续讲下去吧。"

　　莱文从维也纳打来电话，抽噎得很厉害。他母亲已经神志不清，前景不容乐观。才几分钟的时间，他就被叫到了重症监护病房。我试图安慰他，叫他振作精神，可我能够理解我的话在这样的状况下根本无法传到他的脑子里。

刚开始和莱文做朋友时，我试图从他那里挖出点儿故事来，基本上大多能得手，因为他其实是个孩子，喜欢透露自己的秘密。只是谈到男人们的话题时，他才会只字不提。迪特尔是个另类，是个坚定不移的沉默者。我几乎从没听说过他家里的事情。

"你有几个兄弟姐妹？"我问。

"太多了。"

"你父母还活着吗？"

"如果他们没死的话……"

可就在我们耳鬓厮磨地依偎着躺在长沙发上时，我还是想了解迪特尔过去的一些经历。"我偶尔听说你因为伤害身体罪被判入狱。"我小心地说道，身体和他贴得更紧了。

"嗯。"迪特尔说。

"两次打人。"他终于承认道。

我因舒心而战栗。

第一次是一个吸毒者告发了他。从这一点上看，迪特尔承认了自己的贩毒史。看来他不只是把受害者的鼻子打出了血。坦白第二次打人对他是一种折磨。正如我知道的那样，玛格特当时已有身孕，也和迪特尔结了婚。他并不希望有这个孩子，把玛格特关起来严加看管，不让她搞到海洛因。一天夜里，她用绳子从三楼吊下楼去，此后就不见了踪影。多日之后，他在法兰克福韦斯特恩特的街头发现了她。迪特尔逮住她,把她带回家里痛打一顿,她因伤势很重被送到医院去了。

"可是我没动过她的肚子,"迪特尔说,"我注意到了这一点。"

这一点我不理解:"一个人既然怒火万丈,却怎么同时又会保护孕妇的肚子呢?"

"这个我也不知道。"迪特尔温顺地说。

她不再吸毒,但他仍在贩毒,我可以确定。

一旦上了贼船,你就很难下来了。

"你们在摩洛哥买了什么东西?"

"只是一点儿大麻,真的。没有一克海洛因,这东西那边根本弄不到。"

至少我获悉,玛格特为他唯一的一次大规模突然袭击提供了不在犯罪现场的证明。而对此假供词,她没有提出金钱方面的要求,而是要求他和她结婚。

此刻我真想问问他我的一半美元的事,可我还是不敢提出来。

接下来是几天悠闲的日子。我们一起到魏因海姆马可教堂聆听圣诞清唱剧,之后夜里还烘焙纽伦堡的爱丽丝胡椒蜂蜜饼。我终于有了一个陪伴,可以和我一起到奥登瓦尔德和普法尔茨徒步旅行。最美的是那些长满了葡萄藤的山路,从北部可以抵达赫彭海姆,从南方可以抵达施里斯海姆。野鸡从悬钩子丛中惊起,椴梓树在此生长得枝繁叶茂,然后在小果园里腐烂,散发出无法抗拒的芳香,常春藤环绕着水果树攀缘而上,浓雾弥漫的阴霾日子，仿佛童话一般，令人陶醉，那是夏日永远无法呈现的景象。一次，我们闲逛到海德堡的圣诞市场，回到家里炒买来的栗子吃，然后下国际象棋。尽管迪特尔不得不独自享受那些栗子和自己烘焙出来的糕点——为了谨慎起见，我只吃新鲜的酵母糕点和冰可乐——但这却是一个短暂的美妙而宁静的时刻。我知道得一清二楚，这样的时刻不可能持久。

迪特尔几乎每天都在恳求我离婚：那是他的孩子，不是莱文的孩子。和我不同，他似乎是不容置疑的。

我无意间从报上看到这样的文字：若是立遗嘱者在去世之前向法院申请离婚，并且起诉状已经送交给丈夫的手里，那么他的继承权将被排除。

也许迪特尔研究过专家的同样答复，因而知道，一旦在死亡之前就已向法院递给离婚诉状的话，丈夫便无法继承亡妻的遗产。我仔细打量他。难道他想要成为我的继承人吗？

突然，我无法克制自己了。"你们只是花掉了一半钱。"我说，"你为什么要骗我？"

迪特尔脸色煞白。"莱文跟你说了吗？"他不确定地说。

"是的。"我撒谎道。

他说，那一半美元是他替我保管的。

"你究竟为什么要骗取我的钱？"

"是莱文要这样，他欠我的钱。"

"可莱文不是有自己的财产吗？"

场面极其尴尬。"我向你保证，赫拉，我不再受他任何影响，我从一开始就反对问你要钱。"他殷勤地奔到阁楼间把钱拿下来。

"钱不是问题，"我说，出自教育的原因，我清点了一下数目，"可我讨厌人家欺骗我。"

迪特尔点点头。"新的生活从现在开始。"他说，"我也并没有对金钱有着强烈的渴望，我觉得，如果离婚的话，你可以把一切都给莱文。"

"我根本没想过这个问题。"我说，"但是有一点除外，我不可能——当他从母亲的临终床上回来——迎接他时告诉他这样的消息：你是我的新丈夫，也是孩子的父亲。否则他到头来会自寻短见的！"

正说到莱文时，他偏偏又打电话过来了，整个人都绝望了。令人心碎。"最惨的就是，"莱文终于啜泣着说道，"我已经无法和母亲说，我们已经幸福地结婚，并且马上有孩子了！"

两天后就是圣诞节。迪特尔买了一棵小圣诞树，欢天喜地地期待着这一节日。他还从没没有像现在这么好过，他说道，一个温馨的家，一个喜欢的女人，一个即将降生的孩子。他和以前毒贩时代的朋友们彻底断绝了关系。因为我，他变成了另外一个人。

多丽特这几天很少有时间。圣诞的筹备工作对两个小孩子而言有着特别重要的意义。她在接听电话时也是上气不接下气和漫无头绪的，现在和她解释两个父亲的事情就没有多大意思了。可莱文的抱怨让我想到，我该给自己的父母亲打个电话，告诉他们明年他们要做外公外婆了。

"这个消息我们已经期待好久了，"母亲回答，"毕竟你已经结婚半年多了。"

我克制住自己。"那么说，我这辈子终于满足你们的期待了。"我只是说道。

父亲一把接过话头，他无意间听到了我们的对话。"但愿一切都好。"他说。

这种虔诚的祝福也伤害了我。"我也没那么老，十年后我还可以生孩子。"我声称。

"这话不是针对你的芳龄，"父亲迷人地说道，"而是针对你的年轻丈夫。"

我把电话挂了。他们不会再马上听到我的消息了，至少我想忘记通常的圣诞和新年祝福电话。

两小时后，我的哥哥博勃打来电话。老人们已把我的喜讯告诉了他。"恭喜，"他说，"除夕我们过来看你们，你看如何？我顺便可以把爷爷的摆钟带给你。"

我本来对博勃的来访很高兴——尤其是当他的妻子不一起过来的话，可眼下，我希望独自一人处理和我的男人以及我的健康状况问题。我哥可能预料到自己尚未全面了解问题的复杂性。

"哦，博勃，"我说，"你真好，可我老是状况不佳。我要利用假期多多卧床休息，尽可能少做厨房活——油煎洋葱的气味就让我很恶心。我恐怕不是一个好的东道主。"

在我真正需要我哥的时候，我却以这种方式错过了和他在家里见面的机会。这次的除夕庆祝将给我的一生留下令人不快的记忆。

12月24日，我辛辛苦苦地购物回家，看到桌子上有一张便条。莱文希望我们到法兰克福机场去接他，他母亲昨天夜里去世了。迪特尔马上开车出去了。我的踝骨被购物车撞了一下，手指被后车门轧伤了，此刻拎着我那些沉重的袋子站在冰箱前。两个男人也许在期待饭菜都已经做好了。

莱文回家了，人消瘦了，神情沮丧，像孩子一样希望被拥抱和安慰。他喝了一点儿茶水，然后擤着鼻涕躺在吊床上，迪特尔把那棵小树固定到架子上，我清除掉冷杉针叶。终于我开始搬来我爷爷的装饰物。闻起来有一股森林的味道。莱文把电唱机和自己最喜欢的一张唱片搬到暖房里：格鲁克的歌剧《奥菲欧与尤丽狄茜》。

哦，我失去了你，我所有的幸福都已随风而逝！我们听到有人在唱，音量很大。迄今为止，每当听到这种音乐，我总是幻想自己就是那个无望的女人，而那个令人心碎的抱怨也是针对我的。可此刻那个她就是他的母亲，这不是乱伦了吗？

迪特尔似乎没有跟着我的思绪走，心不在焉地将一颗星星固定到冷杉树尖上。

我真想打开收音机，听美国那些蹩脚而伤感的圣诞歌曲，而不是听到这样的歌声：哦，一切都是徒然！现在哪儿都不会给我宁静和希望，给我生命的慰藉。

莱文跟着音乐一起呻吟，我难以听清歌词了。恰恰在此时此刻，我如何还能用离婚的打算去折磨他呢。

戏剧性的茶歇时间随之而来。

"假如还有慰藉的话，"莱文说，"那就是这个孩子。一个亲爱的人去世，一个新人即将诞生。如果是女孩，就用我母亲的名字起名吧。"

我知道,他母亲的名字叫奥古斯塔。"她还有第二名字吗？"我小心地问，希望这一次生下的是个男孩。

"当然，"莱文说，"奥古斯塔·弗雷德里卡。对了，大家叫她古斯塔尔，非常好听。"

"我赞同起名弗雷德里卡。"我说道，却发现迪特尔此刻大吃一惊。

饭后，我们点燃蜡烛，稍稍有点儿尴尬地围坐在我们的圣诞树旁。迪特尔去拿葡萄酒，莱文喝了五杯，人开始亢奋起来。"明年我们不再是两个人。"他说，朝我身旁的迪特尔瞟了一眼，"我们的孩子看到点燃的蜡烛和那些彩球，他就会欢呼。"

迪特尔好不容易克制自己，然后说道："两年后我们的孩子可以走路了。"

莱文没有理会"我们"这个物主代词。他继续喝酒,拥抱我,说这个圣诞节是他一生中最美的圣诞节，可五分钟过后，他又觉得那是他一生中最悲伤的圣诞节了。

迪特尔一句话不说，只是闷头喝酒。我惶恐不安，这两个人我都不喜欢。外面开始下雨，绝不是人们每年盼望的在下雪。我听到收音机里的钟声和童声合唱。

"我们的孩子应该学会弹琴。"莱文说,"赫拉,你觉得他会有音乐天赋吗?毕竟我父亲是管风琴师。"

我悄悄瞄了一眼迪特尔,他突然随手抓起一颗圣诞彩球,使劲朝暖房那块大玻璃窗砸去。

莱文愣住了,我的胡椒蜂蜜饼冷不防掉到地上。

可迪特尔还没有罢手。一颗一颗的彩球飞向窗玻璃上,噼里啪啦地撞成闪烁的碎片。

我想阻止迪特尔,可莱文抓住我。他轻轻地说:"我们最好离开,他现在难以捉摸!"

我觉得让迪特尔单独和那棵闪闪发光的圣诞树在一起不合适,可莱文拉着我进了卧室,把门锁上。此外,他把衣橱移到门口,设置了一个真正的路障。我心里害怕极了。"他又不会拿我们怎么样。"我低语道。

莱文似乎没想到为什么迪特尔会如此暴跳如雷,尽管我对此知道得再清楚不过了。我们听到了亵渎上帝的咒骂,最后听到了碎裂的声响以及没完没了的当啷声。我预料到是暖房中的一块大玻璃窗被打碎了。当很长时间听不到声音时,我们蹑手蹑脚地溜了出去。迪特尔已经不在,可暖房里看起来如同战场一样狼藉一片。"我们必须把那些植物立即搬到温暖的房间里,"我说,"在这样的温度下它们会冻坏的。"

圣诞夜剩下的时间,在提着桶和端着盆中过去了,对我这么提着端着东西是否会成问题,莱文并没有表示出一丝的怀疑。最后,我们把裂片和碎片扫成一堆,莱文试图凑合着用塑料袋和纸板盒把那只大洞眼堵上。虽然可以临时阻止风雨的侵扰,可一个窃贼要想进来，那可是小菜一碟。12 月 25 日到哪儿去找玻璃装配工呢？我们推迟考虑这个问题，暂且上床睡觉去了。莱文马上睡着了，我由于愤怒和疲劳至极，只是喘着粗气，流不出一滴眼泪来。

天色破晓，我心里也总算明白，自己对此不幸的发生并非没有责任。这个恐怕无济于事，我必须决定他俩谁是父亲。在迪特尔癫狂症发作之后，我在问自己，是否他可以成为那个受庇护者，他已经失去了竞赛资格。可一旦遭到拒绝，他会做出怎样的反应？我不敢去想象。

假日的第一天，帖木儿带着责备的眼光看着我：在它习惯待的地方没有任何东西，大盆装的植物堆放在四处，挡住了它的路。因为除此之外谁也听不到我的声音，于是我向我的雄猫发表讲话。“假如你是一只狗，”我说，“我现在就会带你一起慢慢地散步，此外，到了晚上你要留意别让小偷爬进我们家的大门。很遗憾，你真的没法相信那些男人。”

莱文和帖木儿都在睡觉。我喝茶，吃一片面包，出乎意料的是，我没有恶心的感觉。于是我穿上厚厚的衣服下了楼，然后上了车。我沿着奥登瓦尔德开了一段路，接着——在万般寂寞之中——开始了一段漫长的冬季长征之旅，好让自己的脑子透透空气。可即便脑子清醒，我也无法做出重大决定，我痛骂迪特尔不是东西，痛斥莱文是妈妈的心肝宝贝。“只有你才是重要的。”我对我的孩子说。

终于，我面颊红润、双脚暖烘烘地重新回到家，看到桌子上有一张迪特尔的留条："下午三点，玻璃装配工过来量尺寸。"另外，他——因为莱文可以排除在外——已经将打落的那些危险的窗玻璃尖尖头以及圣诞树彩球和窗玻璃的所有碎片送到了垃圾桶里。

莱文从床上出来。"对不起，宝贝，"他说，"我得再补补觉。"

"没事。"

"你还记得迪特尔昨天究竟为什么会如此怒火冲天吗？"他问。

我摇摇头。

莱文要喝咖啡。我去烧水，看到迪特尔已把冻鹅存放到炉灶附近了。可因为它至少需要十四小时才解冻，恐怕今天的宴席上不会有这个菜了。

"迪特尔上哪儿去了？"莱文问。

我也不知道。

玻璃装配工来了，不同意地摇摇头，并且提出了自己的看法。"这才是放假的第一天，"他发牢骚道，"这种事怎么可能发生呢，这可需要多大的劲呀？"

我若有所思地看着这个聪明人。他说得对，就凭这种透明的圣诞彩球，玻璃窗是不可能被打碎的。迪特尔肯定从地下室里拿来了赫尔曼·格拉贝尔的大锤子，而这无法被视为冲动行为得到原谅。

尽管天气阴冷，我还是穿上保暖衣服到外面去了，但不能决定再次徒步漫游。我在院子里将一只塑料袋铺在潮湿的长凳上，随即坐了下来。一只亲切的红胸鸲直接飞落到我身旁，我一动不动地待着，它用黑色的眼睛仔细瞅着我。

小时候，格林童话《约林德和约林格》给我留下了深刻的印象——数百个被关起来的夜莺实际上就是中了魔法的少女。自此以后我知道，鸟儿既是动物，也是我们心灵的信使。在无数的歌曲、诗歌以及童话中，鸟儿是作为黑暗势力或者善良力量的象征，作为消息的传递者，作为死亡和不祥或者希望和新的爱情的预兆出现的。鉴于这些歌曲的诗意，我预料到还有另外一种迄今为止拒绝给我的爱情出现。

有时我考虑过，自己是否最好变成一只动物，假如是动物，那应该是哪种动物。若是有选择，我希望自己能飞翔。起初我想过自己是一只蝙蝠。蝙蝠有完全不同的种类，可它们都有着某种凶神恶煞的特性。凭借竖起的大耳朵、稍稍凸出的眼睛以及尖牙利齿，它们成了黑暗的信使，成了吸血鬼。可当你在南方一个温暖的夏夜，看到它们无比轻快敏捷地飞驰，你就想和它们结伴同行。我和自己最喜欢的鸟——燕子的情况也差不多。燕子和蝙蝠的共同点就在于，它们承担着重活，好喂养自己和它们的幼鸟。难道我这辈子像牛马一样地干活，只是为了填饱自己的肚子吗？

我宁愿自己是一只猛禽。不是老鹰，不妨做一只鸢，它绝不会如此雄伟地飞来。谁没有在一个假日里躺在草地里，观察过一只在空中盘旋的猛禽呢。它在蓝天白云下，在我们上空很远的地方翱翔，远离我们的各种问题，飞离地面，消失得了无影踪。只是偶尔它才会冲向一只老鼠，因为哪怕是陛下，也会对某些事感到厌倦。

也许有朝一日，我会过上一种猛禽的生活，独自忙着将猎获来的老鼠送到我孩子的巢里。另一只鸳和我一起在空中盘旋，其他的鸟儿绝对无法忍受如此之高的高度。我将身处自然保护之中，人们把老鼠留给我，我绝不会对羔羊逞凶。

15

他终于找到一个可以做园艺活的年轻人了，鲍威尔有次晚上过来看望我时说。那人的德语知识虽然很差，但人很聪明，也很愿意干活。"他对自己是个文盲感到无能为力；要是一个人有更多时间的话……"

我问他长相如何。"一个英俊的小伙子。"鲍威尔说。

我满心欢喜地考虑，是否可以到业余大学打听一下有没有合适的教学材料。

"小心为妙，"我们单独在一起时，罗塞玛丽说道，"别再重蹈覆辙了！"

我很恼火。我和鲍威尔的对话和她无关，以前至少为了礼貌起见，她有意不听我们说话，或者干脆到走廊上回避一下。

可我现在制止不住她了，她在对我进行真正的道德说教。我对绝大多数人产生错误的印象，这可真的不行……

"哪，我不会对你有任何幻想了，"我想道，"你是一个干瘪的老姑娘，没有过去，也没有未来。"可仍然继续讲述我那荒诞不经的童话。

在圣诞假日的气氛中，父母打来电话。"我们好久没有你的消息了。"他们说。

我态度生硬地祝他们节日快乐。"要是你们知道我的事，那就要命了。"我想道。

我的女上司也打来电话，支支吾吾地问道，是否我能替一个生病的女同事上几天班。"否则我一个人在店里，赫拉。您是知道的，节假日之后我们这里会是怎样的情况。"

她当然说得对。难以数计的人因为饭吃得太多、酒喝得太多以及烟抽得太多而生病。其他人无法忍受家人对佳节越来越强烈的感情期待，因此像多丽特那样需要安眠药。令我女上司感到惊讶的是，我毫无怨言地答应了。我感觉在药房的安全世界里要比在自己家里待着更为舒服。

圣诞假期的第二天，我自然还在家里。迪特尔又露面了，几乎不开口说话，在做烧鹅的菜，在鹅肉里面恰到好处地放上了紫甘蓝和丸子。他心情忧郁。莱文似乎没兴趣询问他的朋友癫狂症发作的事，我更不会问了。从 12 月 27 日到 30 日我得去上班，愚蠢的是，除夕那天我又放假了。

真的有很多人涌入药房，好像我们在进行季末大甩卖似的。最后一个出现的是鲍威尔·西伯特。"这一次您的孩子究竟得了什么病呀？"我一边挑选用于退烧的栓剂，一边问道。

"两个孩子都得了麻疹，而且恰恰是在圣诞假期里！"

我为他感到遗憾。第二个问题，他此刻更加信任地叙述道，就是他小女儿的生日大蛋糕。"烘焙法虽然有，"他听天由命地说，"可我不敢烘焙。"

我的时机到了。我陷入了兴奋之中。就在他那个身上起着红色斑点的女儿生日来临前一天晚上，我站在了陌生的厨房间里，烘焙一只巧克力大蛋糕，我可以在上面裱画了一只用杏仁泥做成的米老鼠表现一下自己。

悲伤的鲍威尔显示出自己是一个和蔼可亲的帮手，他在做完工作之后和我一起碰杯：他用红酒，我用苹果汁。两个孩子偶尔想要穿着睡衣和拖鞋冲进厨房，可被他们的父亲关在门外。"这是要给你一个惊喜。"他呵斥道，吃掉了一只长着黑色巧克力耳朵的迷你老鼠。他说我明天是否有兴趣过来一趟，尝尝我做的可口蛋糕呢。"您知道吗？得了麻疹的孩子不能邀请他们的朋友。可您是不会被传染……"

"看情况吧。"我说。

家里死一般的寂静无声，只有帖木儿向我蹦跳过来。不过那时，工匠们已经配上了一块新玻璃，而且我两个男人的其中一个已将那些植物搬到了老地方，将暖房彻彻底底地打扫干净，桌上摆放了一束黄玫瑰。因为暖房里的暖气仍然关闭着，而莱文在那里总是开足暖气的，所以我相信这一切都是迪特尔干的。

"我究竟在这里干什么。"我心灰意冷地自言自语。我打电话给多丽特。"今天我为一个孩子的生日烘焙了一只巧克力大蛋糕。"我叙述道。

多丽特立即感到好奇起来。"哦,是那个西伯特的孩子吧?"她说,"莱娜和我们家萨拉一起上幼儿园。一个可爱的孩子,虽然有个疯母亲,可没有一点儿精神方面的疾患。"

"那家伙为什么叫鲍威尔?"我问。

他的家族来自布拉格。他一直到幼儿园接女儿。"我喜欢这个男人。"多丽特说,"我对科学家有一种偏爱,尤其当他们有着像卡尔·马克思一样的大胡子的话。"

我不由得笑了起来,因为我也特别喜欢大胡子。"太愚蠢了,我们俩都已经嫁人,鲍威尔同样也已成家。我的肚子不久就要隆起来了,没有哪一个大胡子愿意和我一起烘焙巧克力蛋糕了。"

"你知道吗?"多丽特提出建议,"我们一起过除夕,我父母肯定喜欢照顾孩子。"

之前我拒绝了我哥的建议,现在也没有真正喜欢多丽特的想法。爱哭爱闹的莱文和妒忌心十足的迪特尔,一旦和酒精联系起来,可不是幸福的结合。但或许一个善良的女友和一个像格罗那样受尊敬的男人,反倒可以拯救他们吧。

我给自己煮了一碗清淡的汤,正无精打采地舀着吃,迪特尔进来了。"我对发生的这一切感到很抱歉,"他绷着脸说道,"可这样下去不行。你必须告诉莱文我是孩子的父亲。"

我未予作答。

"老是让他蒙在鼓里不是个办法。"迪特尔说,"现在反正他在服丧阶段，这一切就可以一下子解决。"

我神经麻木地注视他，他则是怒不可遏地瞅着我。

突然，他想起了那个屡试不爽的策略，通过揭臭干掉自己的对手："本来我不想折磨你，可你对莱文有一个完全错误的认识。假期第一天，我看望在普法尔茨的哥哥。我在那里听到些什么……"

我脸涨得通红。不可能是好消息。

"长话短说吧。"我说。

"莱文和玛格特有性关系。"他低声说，满怀期待地看着我。

我差点儿会意地点点头暴露自己。

"不只是当时我坐牢的时候，"迪特尔说，"或许在这里的房子里也有，我开着卡车出门在外，你在上班。"

迪特尔的哥哥从哪儿知道这样的私事？

"她和我哥哥克劳斯也有过一腿。"

苍白的回忆涌上我的心头：很久以前，莱文告诉过我，玛格特欺骗丈夫，和他最好的朋友和他自己的哥哥有不正当关系。"玛格特的孩子是你的吗？"我问。

"孩子？从哪儿能确切知道这事呢？好吧，她和莱文的事我是刚刚才知道，否则我早就亲自将她扔出窗外了。"

此刻，我第二次脸色深红，他也注意到了这一点。"赫拉……？"他问道，充满模糊的预感。

我顿时放声恸哭，双手示威性地压住肚子。必须体贴入微地对待孕妇啊。

迪特尔来回踱步。"你大概已经……？"他说，然后将手臂搭在我的肩上。

我试图摇摇头。

他猛然捧起我的脸，看着我红肿的眼睛。"莱文不值得你同情，"他说，"他是个肆无忌惮的人。"

这话说得没错。可是我在不停地劝诫：

"人不应该以眼还眼，以牙还牙。我还会和他谈这件事，但要到我认为合适的时候。"

"如果一颗坏牙必须拔掉，"迪特尔反驳我，"那推迟拔牙的时间没有多大意义。"

"不对。"我斩钉截铁地说，"要是病人高烧发炎，那就必须耐心等着。"

第二天，我去看望那个生病的孩子。尽管莱娜脸上仍有红斑，可她绝不躺在床上，而是和哥哥在为装在门框上的新秋千争吵不休。鲍威尔对我的光临感到非常高兴，莱娜为自己得到的"乐高"玩具感到兴奋不已。因为孩子们都和我们用"你"称呼，所以我们俩彼此也同样这么称呼了。

我做的大蛋糕很好吃，我本想只是待上一刻钟品尝一下它的味道而已。鲍威尔收拾餐桌时，我在给孩子们朗诵一本小人书。时间稍纵即逝。朗诵结束，我看到鲍威尔那张忠实可靠的脸，马上激起了拥抱他的冲动，想让他颜色混杂的大胡子触摸我的脸颊。"我们彼此错过了机会，"我想道，"但我们可以成为朋友。"

孩子们打开了电视。我们压低声音闲聊。我获悉，生下莱娜后，他的妻子就犯病了，产生幻听妄想，严重到自残的地步。

他的心几乎都要碎了，只好把她和孩子们分开。每隔一段时间，她就会回到家里，但得给她服用很强的药物才行。

"这个听起来很残酷，"他说，"等到她必须走的时候，我差不多都要感到高兴了。这种紧张对我来说太大，我也是在担心孩子们的幸福。"

他抓住我的手。我没有过多考虑，就邀请他一起欢度除夕。

"最好不要，"鲍威尔说，"一旦出现吵闹的话，我不希望丢下孩子们不管。更何况他们的身体还没有完全康复呢。"

这一点我明白。我的脸部表情一定很忧伤。假如孩子们晚上十二点睡着了，他做出让步说，他还可以过来一趟。否则他在家里也会感到很压抑的。不过他又说，要是派对已经结束的话，他能否指望我先到他那里去？

"你看着办吧，完全不用许诺什么。"我说，"只不过是一次愉快的团聚，有几个朋友，美妙的音乐，一点儿好吃的饭菜。"

"好的，我也最喜欢这种聚会了。"鲍威尔说，于是我和他们告辞了。

12月31日早上，多丽特取消了原先上我家的计划。她的孩子也发麻疹了。"哦，上帝，"我说，"现在我邀请鲍威尔·西伯特了！不过或许他本来就过不来。你看到过他的病妻吗？"

"是的，当然。以前她可美艳了，可是现在！无聊透顶，无聊透顶得可怕——她服用某一种镇静剂，人看起来完全浮肿。有一次，她到幼儿园去接莱娜，那真是太不幸了！一个生龙活虎的孩子牵着一个喇嘛的手！"

从大学时代起，我和多丽特把动作缓慢的人称为喇嘛，因为我们恰恰是这种人的对立面，所以就有点儿瞧不起他们。对鲍威尔而言，我肯定要比生病的喇嘛更富有吸引力，我想，但我从来没有像他妻子那样美艳过。

莱文这段时间重新恢复常态了。他像一个没有母亲的小猫，带着悲伤的眼睛，在我身边蹑手蹑脚地转来转去，但他至少不再那么爱哭爱叫了。我很想马上劝诫他两句。可是我该说些什么呢？"你们俩都不是理想的人选，"我想，"可我也不希望有一个没有父亲的孩子。"

由于多丽特和格罗没有过来，我买的东西实在太多了。我几乎没考虑到鲍威尔会过来，深夜要从海德堡开车到维尔海姆来，真的没有多大意思。

迪特尔走进厨房。"有什么好吃的东西吗？"他问。

"烤牛排，粉红得漂亮。"

"那好血腥，"迪特尔说，"很抱歉我不要，看到生肉我就会恶心。"

我为这个昂贵的里脊肉感到可惜，不完全熟透时它的味道才更棒。"莱文倒是喜欢粉红色的烤牛排。"我没有详细问一下就说道。

迪特尔的脸色阴沉下来："可怜的孤儿当然更为重要。此外，我也可以到酒馆去。"

就这个不是，剩下的真的还有好多呢。"没问题，"我说，"你的那份我就多烤上十分钟吧。"

迪特尔心里平静下来。他温顺地为烤焦的土豆削皮，然后切成薄薄的土豆片。

接着，莱文带着新鲜的桃子走进厨房。"来自遥远的国度。我赠送最后一道甜点：用甜瓜、桃子和青葡萄做的水果色拉。"莱文虽然声称自己不会做饭，可他总是恰恰为他爱吃的饭菜买上一些配料。我看了看那些桃子，它们硬得都没法削皮。

16

　　"我不明白为什么人总是会抽到这样的空签呢，"罗塞玛丽·海尔特说，"可偏偏我又该咒骂谁呢？"

　　"说说你的看法就行，"我向她提出建议，"要是你，你会选择莱文还是迪特尔呢？"

　　她撅起鼻子。她喃喃地说了句"我就把这两个人变成善良的印第安人"，我不明白这话是什么意思。过了一会儿，她才又说了一句："无论贫穷还是富裕，死亡使所有的人变得平等。"

　　这一天，她全神贯注地解谜，只是偶尔才打听阿富汗兴都库什山的一条河，或是打听波希米亚的村庄。直到我将她的魔鬼称作"不速之客"时，她才想起我那个尚未结束的除夕庆祝活动。

　　我用蒜泥、芥末、橄榄油、食盐、刚磨碎的胡椒粉以及番茄酱配制了一种膨胀剂。我分好了牛里脊肉，用很粗的烤肉棒将分好的牛肉从中间插成两半。我小心地将含油的调料涂抹在肉上面，把洋葱切成很细的洋葱圈，将它们搁到已放上汁液的平底锅上，最后放到烤架上。烤牛排时，起先转动起来有点儿不均匀，可我凭经验知道，到最后慢慢就会好了。迪特尔把切得很薄的土豆片在一只烤饼模子上铺展开。他在上面撒上盐和迷迭香油，然后浇上奶油。莱文在苦恼地削桃子皮。

正如我们以前曾经一起享受过的那样，在温暖的厨房间里忙碌的氛围中，某种无拘无束和亲密无间的气氛重新产生了。莱文放上了一张二十世纪三十年代流行歌曲的唱片，甚至试图走出一个小小的踢踏舞步。在《偏偏是香蕉》歌曲响起时，他在一块迪特尔用来涂抹模子的熏板肉上绊倒了。

"对不起，"迪特尔后悔地说，"从我手里滑落了。"

莱文没有为此生气。我对他的和气态度感到惊讶。

四十五分钟之后，我从炉子上拿出一半的烤牛排，将它在铝箔里包紧，使它处于保温状态。迪特尔的那份牛排还要多烤上一刻钟。

终于，我们坐在暖房里已摆上漂亮餐具的餐桌旁，此时已是十一点了。"很好，"莱文说，"我们吃饭迎接新年的到来，用这个绝招驱除恶魔不会是最不顶用的。"

饭菜看起来好极了，无论是迪特尔，还是莱文，都对自己那个血淋淋的或者说不流血的烤牛排的滋味表示很满意。我的胃口也不错，尽管我还不能很好地忍受那种很刺激的气味，而且在闻过厨房间里的油腻味道之后，我喜欢重新回到暖房里去。

莱文一把夺走我手里的刀叉。"男主人应尽的义务。"他说，"甚至我爷爷，那个老族长，也是亲自切下烤肉的。"

他不同意地摇摇头，他觉得这把刀太钝了。自从中断牙医的学业之后，莱文习惯于使用精密仪器。他拿来一把磨刀用钢，按照专家水准使用它。"牛排必须切得很薄才行。"他以教训的口吻说。

他也有事可做了，我觉得很合适。

莱文开始分配我们的粉红色烤牛排，他漂亮地切下第一片肉，把它搁到我的盘子里。

迪特尔恶心地朝边上一看，红色的肉汁在盘子里流淌，他那块熟透的烤牛排也搁在了盘子里。"你们这些食人族啊，"他说。

然后我们开始吃饭，夸奖彼此做的美味佳肴，互相举杯祝酒，努力掩饰彼此间产生的敌意。

"看外面！"我叫道，"下雪了！"

圣诞节错过的，现在新年带给我们了。暖房里的光线射入院子里，从热带丛林般的暖房里可以看到白雪飘舞，它们均匀而源源不断地飘落到地上。

大孩子莱文一副兴高采烈的样子。"一个象征，"他说，"新的一年万象更新，就像新生儿一样纯洁无瑕，笼罩在雪白的襁褓之中。世上所有的肮脏都被遮盖起来了。"

"愚蠢的无稽之谈。"迪特尔说。

我们惊恐地注视他。

"如果新的一年真是一个新的开始，"迪特尔唠叨道，"那么十二点之前就是彻底清理的时刻！"

他指的是我吗？

莱文装作无辜的样子："餐桌我已经收拾过了，不过在此之前还有我的一道美味的水果色拉。之后我再彻底清理。"

谁也没有微笑。

我试图在餐桌下抓住迪特尔的手，可是他使劲动了一下从我手里挣脱开了。"你很清楚我是什么意思。"他说。

"我不知道。"莱文不确定地说。

我惊恐万状，开始收拾盘子。

"等等，"莱文说，"我正想再吃一块不添加任何调料的烤牛排呢！"说完他拿起那把锋利的刀。

迪特尔不为所动地继续道："你和玛格特鬼混。"

没有回答。莱文装作全神贯注地将肉切成极薄的一片，可他细嫩的双手在颤抖。

"请你回答吧。"迪特尔咆哮道。

莱文停止切肉，用那只分肉的大叉子叉起一小块肉塞进嘴里。我不禁想到了玛格特和那个"猪人"。"你想干什么？"他问。

"你应该承认……"迪特尔说。

"什么？"莱文问道，显然在拖延时间。

"是我哥告诉我的。"

莱文耸耸肩。"我们了解玛格特，"他说，"是她想，不是我。"

这话甚至说得没错，可是迪特尔威胁性地继续道："第二点，你必须离婚。"

直到现在，我才陷入惊慌失措之中，因为迄今为止我完全可以脱身。

莱文感到愤怒了：我们毕竟有孩子了，我在没有歇斯底里发作的情况下接受这些毫不体面的指控，迪特尔理应感到高兴。

"这个孩子是我的，"迪特尔说，"玛格特那个早产夭折的孩子肯定是你的。如果你把赫拉让给我，我们就两讫了。"

莱文手里的刀掉到了地上。他立即期待我辟谣。我吓得直打哆嗦。可以这么说，我绝不想作为玛格特的替补托付给这个癫狂的迪特尔。我竭尽全力地痛哭流涕，好让莱文不再盘问。

"你疯了，"莱文大胆地说，"这个孩子百分之一百是我的。赫拉，你就告诉他实情吧！"

"要是赫拉告诉你真相，你将会无地自容。"迪特尔说，"你母亲去世后，她只是不想伤害你，否则早就泄露秘密了！"

莱文推了我一下，想让我实话实说。"你就说了吧！告诉他他疯了！"

可我嘴里蹦不出一句听得懂的话来。

"滚开，下流坯！"莱文充满愤怒地嚷道，"你只是把不和带到我家里！回到你那个堕落的泥坑里去吧！"

迪特尔挥动手臂。说时迟那时快，他只用了有力的一拳，便将我的高大却柔弱的丈夫打倒在地。鲜血从莱文的嘴里涌出，看到这一幕，迪特尔整个脸色都变了。我往电话机方向走去，给警方打电话。

莱文吐出鲜血和牙齿，然后嘴里发出"医院"的吼叫，我才预约了一辆红十字会救护车。

迪特尔到不锈钢水槽那里呕吐。他没有再从厨房间里出来。

我从浴室里拿来热水和毛巾，莱文大声地呻吟着，就在此刻，新年的钟声敲响了。

我坐在地上，抬起莱文的头，好让他不再咽下血水，我试图用湿毛巾压住伤口止血。幸运的是，我马上听到了救护车的鸣叫声。

迪特尔脸色发青地出场了。"他们来了，"他说，"我该走了。你千万别向他们透露这里出了什么事！"

我抗议道："我必须说出真相……"

"你之前就应该说了，"迪特尔说，"告诉他们，莱文在熏板肉皮上滑了一脚，脸摔在了炉子上。"

他没穿大衣就出了暖房门，消失在飘舞的雪花中。我不得不离开莱文，为急救员开门。在往大楼门去的路上，我迅速拐了个弯溜进厨房，将迪特尔的餐具放到食物储藏室。

这些人并没有犹豫，立即给莱文扎上了急救绷带，然后把他抬到了担架上。虽然很紧急，但他们还是问了下究竟出什么事了。

"一次意外，"我顺从地说，"他滑倒了，头摔在炉子上。"

其中一名男子严厉地看着我。"那为什么他没躺在厨房间里？"他问。

"他还一直跌跌撞撞地跑到这里才摔倒在地。"我保证道，"地上的血迹我已经擦干净了。"

"典型的家庭妇女，"那个急救员说，"老公差点儿出血过多而死，她却首先打扫卫生！"

我忘不了莱文苍白失血的形象。他的面孔那么小，迪特尔的拳头那么大。为了暂时分散我的注意力，我费心地擦去地上的血污，收拾餐桌，将水果色拉放到一边，然后把剩余的东西清除干净。

当厨房和暖房大致又恢复整洁的时候，我在浴缸里放满水，把一种让人镇静的强壮剂倒进水里，然后爬进热水中。

我终于开始思考起来。"最主要的是，我的孩子平安无事。"我有点儿固执地想道。

末了，我穿上了长睡衣和浴衣，重新来到暖房里。帖木儿不见了踪影，一旦主人们打破了脑袋，动物们肯定也会感到痛苦的吧。

"塔——曼——朗。"我充满怜悯之心地对着院子叫道，想把它吸引过来。那只雄猫突然出现在轻轻飘落的雪花中，小心翼翼地靠近我。"一、二、三，猫在雪地里奔跑。"我唱道，感觉自己身处电影里。

我抱着猫躺在吊床上，尽管刚泡过热水澡，却还是冷得发抖。我既无法清醒地思考，也无法睡觉，长夜漫漫，离天明还早着呢。

一点半，电话铃响了。当然是多丽特，她要祝我新年快乐，我想道，这是我无法忍受的。可电话铃声响个不停，我只能拖着身子走到电话机旁。一定是医院打来的，是莱文死了。

虽然确实是医院打来的电话，但莱文的情况已经好多了。鼻血已经止住，裂开的上嘴唇已经被缝上了针。不过他掉了四颗上门牙。如果这几颗牙齿能马上带来的话，那他们可以先保存起来，然后在海德堡大学牙科医院尝试重新植入。

我找到了一颗牙齿，已经扔到垃圾里了。其他几颗我估计在外面的雪地里，因为在去医院的路上他还使劲把嘴里的东西吐出来。

"牙齿都在雪地里了。"我疲惫地说,"我可以明天一早,等到天亮了,去找一下。"

他们说,那可能就太晚了。我已经筋疲力尽了,踉踉跄跄地走到我的吊床上,突然一块冰柱样的东西出现在我的面前。迪特尔像猫一样悄无声息地从黑漆漆的院子里走了进来。

"赫拉,一切都是你的错!"他埋怨道。我因为害怕简直怒不可遏了。

"难道莱文是被我打得送医院了吗?"我吼道。

"要是你清清楚楚地说出我是孩子父亲,那什么事情都不会发生。你是胆小鬼。"

帖木儿像个有毛皮的热水袋一样,从我怀里跳了出去。它在光滑的地砖上把一个细小的东西扫到角落里,仿佛生活突然成了游戏和乐趣。

"它那里是什么东西?"我为了转移视线问道。

迪特尔瞅了一下,是一颗牙齿。"莱文怎么样?"他问。

"你把他的门牙打掉了。"

迪特尔似乎没觉得后悔。"他活该。他的免伤害时间已经结束。"

"哦,迪特尔,"我已经疲惫不堪,有欠考虑地说道,"或许他就是孩子的父亲呢。我怎么能知道得那么清楚。"

迪特尔愣住了:"你再说一遍!"

我像只狮子似地咆哮道:"你别烦我了!我不知道!可能都不是你们两个孬种的!"

一切发生得如此迅疾，我都无法模拟整个过程了。我直接从吊床上摔下，一个人躺在地上。迪特尔冲向我，掐住我的脖子。

"婊子！"这个词一再从他嘴里冒出来。

我所有的蹬腿踢脚和反抗完全无济于事，他像老虎一样强壮。我永远不会忘记我深深的恐惧。可到最后，我陷入了晕厥状态，一切恐惧离我远去。我变得镇定自若。就在云层和迷雾之间，我看到作为教父的大胡子鲍威尔出现了。突然之间，我又可以喘口气了。窒息感消退了，沉重的负荷从我身上消失了。我迷迷糊糊地坐了起来。鲍威尔和迪特尔在我旁边厮打。

要是警察这时候过来该多好呀！我努力恢复精神。鲍威尔脸色发青，喘不过气来了。迪特尔大声喊道："这是野鸡的死鬼，晚上悄悄地溜到房子里，给你生孩子！"

我必须马上采取行动。我不动声色地抄起一只有着黄色鸡冠的陶瓷锅猛击迪特尔的后背。可在我身旁的那盆绿萝里是什么东西在闪闪发光？那把锋利的切肉用的刀是莱文扔在那里的。

虽然我是一个灵巧的女药剂师和女主人，我身上的力量超乎人们的想象，可真要动起刀来，我完全是个废物。它在空中飞得太低，根本没有落到他的后背上，而只是从迪特尔的手臂上轻轻擦过。他看来感觉到稍稍被刀划伤了，可为了转过身来，只好放开鲍威尔。一看到自己手上滴出的血，他重新感觉不舒服起来。

迪特尔死死用力，鲍威尔腾出自己的右手，意外获得了那把刀。可他除了紧紧抓住它，还来不及干点儿其他事时，迪特尔虚脱了，摔倒在那把刀上。

鲍威尔艰难地站起来，命令道："警察！"我奔向电话机。

我哆嗦着身子回到暖房里，鲍威尔拥抱我。我们就像历尽磨难的兄妹，相顾无言，相拥在一起，始终安慰性地抚摸着彼此的后背。我们俩谁都不敢朝那个受重伤者瞥上一眼。

警车和救护车抵达时，我们的身体状况还无法接受审问。我被打了一针镇静剂。鲍威尔拒绝打针。

这几个急救员刚刚把莱文抬走，是亲历刚才在这幢别墅里发生过争执的重要证人，可遗憾的是，我并没有说出莱文受伤的真相，所以这只能起到消极的影响。

警方对暖房拍了照，对留有脚印的现场进行了保护，之后我和鲍威尔到了警署，在笔录上签了字。医院里的一名大夫对我们差点儿被迪特尔掐死的伤痕做了记录。

最后我们可以走了。我请鲍威尔在我家里过夜，因为我绝不希望独自一人待在家里。可这样不行，因为孩子们的缘故他现在心里感到很内疚。

"我明天打电话给你，"我答应道，"然后我们再见面吧。"

为了分散自己的注意力，那夜剩下来的时间我是在给我暖房里的植物浇水中度过的。矮椰子树和虎刺梅只需要很少的一点儿水，相反，来自圭亚那的植物需要更多的温度和湿度，我全身心地给那棵南美洲的水龙骨浇水。我这个多次遭到损毁的暖房应该获得我所能做到的所有爱护和照料，可是帖木儿和那些兰科植物却是充满责备地看着我，忍受着痛苦的折磨。

17

"除夕夜的雪永远不会带来很多的金钱。"我的女邻床幸灾乐祸地说。

假如她说的就是所谓的谚语的话，那我讨厌愚蠢的谚语。我反唇相讥道："老年人难保不做蠢事。"

她并没有生气。"香水要吗？"她问。

看来我身上有味道了。"我们今天有主任大夫查房吗？"我问，因为她香水喷得特别凶。

可是我们希望的那个人并没有来，来的是凯撒博士。我们不想见到他，因为不久前他取消了我们的咖啡。夜班护士透露说，因为我们老是说废话不睡觉。还有一次，他无情地打断我的提问：他知道什么对我有好处。

"或许你没注意到我是药剂师吧。"我狂妄自大地说。

格哈德·凯撒属于马上认输的人。

罗塞玛丽似乎愉快地注意到他的让步。

后来，她又想到了一句话："新年的冰雪只带来痛苦和大的烦……"

"当然有例外，"我说，"谁愿意在一个不眠之夜后铲雪呢。可我必须干这事，我手头没有男人。"

我先用铲子和扫帚扫除积雪履行了自己艰难的公民义务，之后我决定和帖木儿一起重新钻进被窝里。我把电话放到耳朵听不见的地方，以免我的家人用新年快乐的祝愿来打搅我。我也不想了解迪特尔和莱文的健康状况。

在人的一生中，一旦身体欠佳时，他就会有一些避难的城堡，这是每个人都会使用的：我以为，床最为重要。哪怕现在走投无路了，我唯剩下这一个灵丹妙药了。不过我常常陷入那种诱惑中——确实不缺乏药物——用人工药物强迫自己入睡。多丽特没有安眠药就无法获得安宁，对我来说这始终是一个警告性的例子。我大多用茶、缬草药丸和类似无害的家庭常备药品治愈我的失眠症。

有人说过：睡眠和死亡是一对兄弟。也许我对床的眷恋也不是非常积极的态度，但这是对灵魂的一种抚慰。而一旦躺的时间足够长，新的活力大多就能觉醒。

我不得不开始做许多事情。如果离婚，莱文一定会提出经济上的条件。我个人觉得，他应该拿走股票和有价证券的一部分；我能拥有一半的财产和这栋别墅就会知足了。我应该独立开业吗？我可以和我的孩子住在楼上的房间里，楼下开设一家药房。我能负担起一个照看孩子的保姆吗？我的父母一定又要对我的新生活感到万分恼火了。

和以往一样，我在订立计划时会变得更快乐。当然我不能马上以离婚的打算来折磨莱文。他刚刚失去了四颗门牙，再和他争吵是不公平的。至少我由于更为崇高的正义而不得不咧嘴冷笑：他那些假牙始终会让他想起某一只玻璃盘子来。

自从那次迪特尔差点儿掐死我之后，我不再为他伤心。无疑地，他其实是一个无用的人，在其他条件下……我不得不承认，恰恰是他激动人心的过去吸引了我。

可现在，突然又来了第三者：鲍威尔。一个亲切的家伙，人们偶尔得把他的眼镜擦干净，或者得扯掉他胡子上的干蛋黄。我的机会如何呢？至今我的印象是，鲍威尔尽管喜欢我，可还是坚守着孩子的母亲。

下午，饥肠辘辘的我被迫从床上爬起，电话铃响我也没去接。我给自己泡了茶，将冷的烤牛排塞进嘴里。我越来越贪婪地吃着，帖木儿似乎也对通常的猫食不满意了。我们一起分享了一听金枪鱼。我在我的那一半金枪鱼里拌上了醋制白花菜芽、调味沙司、生洋葱以及柠檬汁。

晚上，有人按门铃。我蹑手蹑脚地走到窗口，向外窥探。鲍威尔惊恐地望着我，我脸色大概看起来相当惨白吧。

"你病了吗？"他问道，因为我穿着睡衣。

"也许有一点儿，我还心有余悸。"

"我们的刽子手怎么样？"他又问。

我耸耸肩："或许死了。"

鲍威尔惊讶地扬起眉毛。他给医院打了电话。他获悉，只有亲戚才能获得迪特尔健康状况的详情。自从玛格特出事之后，我就知道这回事了。

"但我可以推断出他还活着。"鲍威尔说，"那你丈夫情况怎样？"

我保证道（鲍威尔不理解我），莱文做我男人时间最长，我绝不想去看他。

"反正时间太晚了，"鲍威尔说，"医院里傍晚五点吃饭，八点睡觉，因此第二天早上六点就醒了。但我们还是可以打电话到住院部去。"

我不想打。

我们一起喝茶。"你把孩子放到哪儿了？"我问。

"有一位女邻居和他们坐在一起，给他们朗读《海蒂》[1]。"我感觉有点儿心痛。"一个年轻貌美的女邻居吧？"我带着不成功的讥讽的尝试问道。

鲍威尔只是嗤笑着。他一直对我很担心，只是作为独自抚养孩子的父亲很少有时间，他不得不马上又要离开。但是我精神振作起来了，因为鲍威尔全身散发出某种积极向上的东西，这是我在之前的男友里找不到的。

第二天，我有力气到医院去看望莱文了。他躺在一间双人

---

[1] 瑞士德语女作家约翰娜·施皮里（Johanna Spyri, 1827—1901）享誉世界的儿童文学作品，海蒂也是该书的主人公。

房里。我首先看到一个可疑的侧影，引人注目，和食蚁兽相似。莱文的嘴巴和鼻子部分被缝了针，包扎了起来，肿大而且发青了。他无法说话，吃力地吸着那根歪斜地插在大鼻子里的吸管。

"怎么样？"我多余地问道。

他对着天花板绝望地转动着眼珠。

"喏，现在只能咬紧牙关了。"我和颜悦色地说。

我在他身旁稍稍坐近，重新显得很健谈。难道我应该告诉他迪特尔后来又发作的事吗？莱文介绍说他已经知道这事了。他在一张纸条上写着，一名警察过来盘问过他，但认识到莱文无法进行陈述。他至少透露，迪特尔受了重伤，躺在同一家医院的监护病房里。

"他能脱离危险吗？"我问。

莱文不知道。

我指了指我的掐痕，他赞许地点点头。我们是难兄难弟。我们没谈到离婚的事，也没谈到孩子父亲的事。

"我应该给你带点儿什么来吗？书籍、果汁、布丁？"我问。

莱文在纸上写道："旅行书籍、漫画书、非碳酸饮料，或许可以来点儿香蕉汁。"

我答应了。

然后我来到监护病房附近。病房护士不谈论预后诊断，只是说不能看望刚动手术的人。

我刚到家，就给鲍威尔打去了电话。"我们应该到你那里去，还是你到我们这里来？"他问。

孩子们在我家里感觉不错，幸好我家里总是有牛奶和可可粉的，在这个季节，圣诞饼干甚至都堆积成山。

小莱娜和她哥哥科尔雅在父亲帮助下堆雪人，帖木儿以怀疑的眼光围绕雪人走着。"你有雪橇吗？"科尔雅问我。

我有一辆雪橇，可惜我家附近没有合适的山地。

鲍威尔想到一个主意，要和孩子们一起到山里待几天。"你愿意一起去吗？"他问我。

我真的太想去了，可要开着车走很远的路到瑞士或者奥地利去，我感到害怕。

"这也完全没有必要。"鲍威尔说，"我并非伟大的运动员，我觉得能和孩子们一起滑雪就够了，这个在奥登瓦尔德我们就可以做到。两个孩子刚刚得过麻疹，这对他们很有好处。"

我们没有再犹豫，因为学校的圣诞假期马上就要结束了。

鲍威尔开车前往一家小型的清新空气疗养地。在停车场上，雪白得不那么耀眼，排出的废气留下一道尾烟，看起来宛若桂皮掉在含糖的雪糁上，擦破的地面犹如痂皮巧克力。我们充满紧迫感地下了车，马上又停住脚步，好向远方眺望。高山在地平线上更明亮，寒冬的色彩更为柔和，那群山丘一条条曲线一样成阶梯状排列。灰色的苹果树静静地矗立在白色田野里，它们和绿色的悬钩子灌木以及赤褐色的山毛榉树叶一起，只要稍加着色就使冬天的景致生动活泼起来。黑色的冷杉，黑色的乌鸦，一个墓地围墙。

我们在平缓的山顶漫游，爬越牲畜栅栏，让孩子们爬上猎台，在树干上保持平衡，我们在一个长有苔藓的避雨棚下分发小熊软糖。鲍威尔向意兴阑珊的儿子解释如何借助于树林中的绿色迎风面认识方位，给他介绍一块包括本地鸣禽的展示牌，像他的孩子们一样用靴子的鞋跟凿开被冻住的水洼的冰块。一只松鸦在跟踪我们。

我回头望去，满心欢喜地看见我们各种各样的脚印：对一个寻找足迹的人来说，这就是一个快乐小家庭的象征。

在我们长距离散步结束时，慵懒的孩子们让我们在雪橇上拖着。终于，我们坐在了一家温暖的餐馆里，玩着游戏：我看见了你看不见的东西。

当所有的红色、绿色以及谁也不知道是什么颜色的物品被猜中时，鲍威尔声称看到了金灿灿的东西。

我们徒然地猜测。

"那是赫拉的心。"他说，两个小孩子抗议道："这个不算数。"

我金子的心在蹦蹦乱跳。

罗塞玛丽·海尔特抱怨道："这不可能！金子！我笑不出来！你当然轻信这种毫无价值的东西！"

"你们中有谁，"鲍威尔最后问他的孩子，"想到我的房间里，谁想到赫拉的房间里？"

我感到有点儿害怕。

孩子们看着我，知趣地沉默着。然后莱娜说道："我想到爸爸那里去。"

男孩不过才六岁，就显得彬彬有礼，不忍心拒绝和我结伴。"最好是成年人睡在一个房间，孩子们睡在另一间。"

我和鲍威尔彼此看看。我或许点头太快了。

我们虽然在同一个房间睡觉，但并没有睡在一起。我们就像相濡以沫的夫妇闲聊了许久，后来鲍威尔关了灯。半夜里，我感觉有人来了，那是莱娜。我打开床头灯，看到科尔雅躺在他父亲身边。

我给莱文转过口信，说我要出门几天。也许他会为此生气，可我宁愿把快乐给我未出生的孩子。在雪地里待上三天，长时间地散步，每天还能睡个小午觉，这些对我很有用。

第一个工作日下班后，我重新坐到莱文的床边，他已经可以咕哝着说些指责的话了。他并没有问我到哪儿去了，而是抱怨自己没有了牙齿。再过两天他就可以回家，但之后就要到牙医那里办理手续。

"迪特尔怎么样？"我问。

真奇怪，莱文看望过他了。迪特尔不再躺在监护病房，据说他在康复的过程中，但人高度沮丧。两个人不可能有什么交流。

莱文出院了，但我不能马上把他打发到沙漠里去。我本来就将他的床移到了书房。几天后，他果然问起了谁是孩子真正的父亲的问题。

我没有想到英明的判决，我承认和迪特尔睡过觉，可那时他和玛格特……"我们最好还是马上离婚吧。"

莱文好几天没提起这个话题，他似乎在思考。

　　每天下午一下班，我就去看望我的新男友。我们只是热烈地拥抱，从来没有其他更多的东西。孩子们开始喜欢我了。

　　我应该把我许多的音乐经历归功于我的男友们。其中一个使我亲近了莫扎特，另外一个让我接触到了"书包嘴"大叔路易斯·阿姆斯特朗的音乐。莱文喜欢经典的流行歌曲以及甲壳虫乐队的作品。鲍威尔拥有一架钢琴，和莱娜一起演唱儿童歌曲。他的男中音美妙无比。有时，他为我举办小型音乐会，演唱马勒或勃拉姆斯的歌曲，稍稍有点儿拘束，遇到唱走音或者弹错音，他听到响亮的笑声时就会突然停下来。

　　我很兴奋。

　　有一天，他给我看他太太的旧照片。多丽特说过"美丽如画"或者诸如此类的话。可要是知道她的疯癫，你就想象一下吧。我感到不寒而栗，仿佛这个人是从另外一个世界里冒出来似的。

　　"太美了。"我谨慎地说。

　　"美，但不老实。"鲍威尔说，"这种疾病第一次暴发是在她青春发育期的时候，她向我隐瞒了这一点。好吧，或许每个人都会这么去做。"

　　我们彼此信任。鲍威尔是唯一听到两个生父问题的局外人。他没有笑出声来，我很感激他。

　　有一天，我发现他的精神状态也很差。他默默无言地将一封信递给我：他的女房东和他解除了租约。"现在我又要去找房子了，"鲍威尔说，"我最讨厌这种事！你如果听说哪儿有空闲的房子，赶紧告诉我。"

作为女药剂师，我真的听说过很多故事，尤其也包括丧事。可鲍威尔绝不想跑到刚去世的人的家属那里去，请求租给他房子。

我思考了好几天。我很想和鲍威尔居住在一个屋檐下。我家的房子空间足够，可是如何分配房间呢？恰恰就在我想跟鲍威尔提出建议时，迪特尔出院了。虽说他还需要照顾，但大夫方面的治疗已经结束。

或许我应该拒收这件货物，可莱文把他接了回来，并且支付了出租车费。此刻这个正在康复的病人躺在他的卧室里，莱文脸色阴郁地带给他饭菜。一切似乎重新回到了老样子。

我怒气冲冲地爬上楼梯。从那次除夕之夜起，我再也没有见过迪特尔。四个星期时间转瞬即逝，我发青的掐痕消失了，但心灵的伤疤仍在。

迪特尔面色苍白，脸形消瘦，极度不幸。他像个濒临死亡的人那样看着我。我既不敢把他丢到大街上，又不敢指责他。我怏怏不乐地忍受着他的存在。

第二天，我向鲍威尔描述了我的处境：两个生父重新回到家里，两个人身体虚弱，情绪恶劣。

"他们彼此间的态度究竟如何呢？"鲍威尔问，"他们一定互相讨厌。"

或许两个人就是这样，可尽管如此，他们并没有挖掉彼此的眼睛，而是在疾病和痛苦中相依为命。

　　"那么他们谁认为自己是生父呢？"鲍威尔不知所措地问道。

　　"两个人都这么认为。可我宣布你是我挑选的那个孩子父亲，由于他们俩不具备父亲的资格，我剥夺了这两个人的权利。"

　　鲍威尔哈哈大笑。

18

"鲍威尔不是可以偷偷带给我们一瓶雀巢咖啡吗？"罗塞玛丽说，"毕竟我们已经给过他足够的黄油了。"

"可是热水呢？"

"我可以从住院部的厨房间里搞到，我们只需要一只热水壶。"

我点点头，只要动动脑子，一切问题都能迎刃而解。

这时，主任大夫没有任何随从人员陪同就突然进来了。罗塞玛丽容光焕发，尽管她既没有喷过香水，也没能为他穿上一件干净的长睡衣。

他给她带来了一个好消息：在刚做过的诊断上没发现癌细胞。

"这个我知道。"她说。

"明天导管可以拔掉，周末您就可以回家。"他说。

我顿时无语了。

"您预约过的时间也近了，"他对我说道，"然后我们得把您搬到二病房……"

就是说，我们马上就要分开了。

下午，多丽特过来看我，哭得像泪人儿一般。

"你的女上司因为我没有处方不再给我安眠药了，我该怎么办？"她抱怨道。

星期二下午，只有奥特茹特在药房里。我写了一封捎带强制的信给我曾经的女同事。

"她为何不从大夫那里获得这种东西呢？"幼稚可笑的罗塞玛丽问道。

"哦，他们究竟懂什么呀，"我说，"这些残酷无情的家伙。"

发生除夕伤人事件之后，多丽特打过多次电话，我借故回避她。要么说煲的汤刚好溢出来了，要么说我累死了，或者说这时候大门口有人按门铃，或者说我的女上司想马上给我打电话。多丽特很怀疑，约我见面。"别找可疑的借口。"她说。

她知道得太多了。莱娜和多丽特的女儿一起玩过，说是我每天都到她家里去。多丽特像一名古板的家庭女教师一样要求我做出解释。

"我们彼此喜欢。"我尽可能保持自然地说，"可假如你现在马上预感到什么，那你就错了。"

"这个不会，毕竟你怀孕了。"多丽特说，"大家都知道，这个年龄的孩子常常会幻想。莱娜讲过你和鲍威尔在一个房间里睡过觉——在一家宾馆里，而且孩子们当时都在那里。不过这一点马上可以发现：这是一个没有母亲的孩子的梦想……"

我们审慎地看着对方。

"莱文对这种友情究竟怎么说？"她问。

"他住过院了。"我说，尽管有点儿答非所问。

转移话题成功了。"他究竟得了什么病？"她富有同情心地问。

"迪特尔打掉了他四颗门牙。"

多丽特怀疑地看着我："为什么？"

"喝醉酒了。"我说。

她害怕地凝视我："我只希望你立即把这个迪特尔赶出家门，可你真是傻得可以……"

她和我说话就像和一个病人说话一样。她说我虽然不是救世主，但还是对这个可恶的世界太善良了。她要和莱文说话，让他今天就把迪特尔撵出去。

在我们多年的友谊中，我们今天第一次真正发生争执。她指责我头脑简单，有一种社会怪癖。

最后我抛出这句话来："也许孩子就是迪特尔的！"

多丽特不想相信我，说我真是不可救药了。

等到迪特尔身体好点儿的时候，我吩咐莱文到迪特尔的病床边商量事情。莱文装上了他讨厌的假牙，将怒火发泄到我的身上，而不是发泄到肇事者身上。

"她希望我们掷色子决定谁是孩子的父亲。"莱文说。

迪特尔悲戚地看着我。

"你们两个马上都要哭了。"我想道。"不，"我说，"但我希望你们寻找另外的住处。我不想再和你们住在一起了。"

"我们究竟惹到你什么了？"莱文悲哀地问。

"迪特尔差点儿把我掐死，你一开始就和玛格特鬼混。"

"那好吧，但我们现在两讫了。"莱文说。

迪特尔之前几乎还完全没有说过话，此刻却张开了嘴巴。"如果你们把我扔到大街上的话，那我就死给你们看。"他说话时那么忧郁，完全可以相信他会这么做。

"这里的'你们'是什么意思，"莱文说，"她不是也要把我赶……"

"行，"我说，"我也不是冷酷无情到今天就让你们到收容所去。但我希望将来一个人住在底楼，在你们找到合适的住所之前，你们先可以一起搬到二楼去住。"

两个人不再说什么了。

第二天晚上，楼下的住所就被腾空了出来。莱文在我不在家时将自己的全部家当搬到了楼上，好和迪特尔两个人亲密地住在一起。

当我向鲍威尔建议搬到我家里住时，他还是拒绝了。"我可不能让我的孩子离疯子……"他停住了话头，因为或许他想到了自己的妻子，"我是说，离一个残暴的人那么近！"

渐渐地，春回大地，它首先出现在这里的山路边。到了三月，所有的孩子举办了一次夏日的游行活动，他们在市场广场上烧掉了一个用棉花制成的大雪人。四月初，我的玉兰树开始抽芽，可遗憾的是，那些漂亮的淡粉红色的花朵因为持续的阴雨天气而变成了浅棕色，不久便花容失色地掉落在地里了。当樱桃树仿佛巨大的白色花束盛开时，我以为觉察到了胎动的最初迹象。我的妊娠期堪称典范，妇科大夫对此很满意。

虽然莱文做过减轻罪责的陈述，但迪特尔还是被判了刑，必须马上执行。我们偶尔相遇在大门口。他感到很羞愧，这稍稍激起了我的同情。有时我坐在院子里，能感觉到他来自楼上的目光。我预感到他在打量我那渐渐隆起的肚子。

莱文同样也在回避我。起初我担心两个人会在我不在的时候使用暖房，尤其是厨房。可因为这两个人动手能力都很强，他们在楼上布置了一个做饭的角落。我曾偷偷地看过那个地方。几乎不能说是一个应急装置，那里安装了一只高科技的炉子、一只笨重的冰箱、一只接上了自来水连接管的双槽洗涤盆以及好几个不锈钢做的架子，唯独缺少的就是瓷砖。他们分房睡，更确切地说，他们似乎组成了一个目标共同体，住在一个集体公寓里。

莱文尽管两次问起我的健康状况，但既没有问我要过钱，也没有需要我效劳的事。

如果我不是至少有一个像鲍威尔那样志同道合的朋友的话，那么我一定会有点儿孤独寂寞了。另外，慢性疲倦症在折磨我，我早早地上床，并且为自己在下了班到鲍威尔家去过一次之后不用再为其他人存在而感到高兴。

一天，我终于感到需要依靠了，那次和鲍威尔见面拥抱后我不想再松手。"你怎么了？"他惊慌地问。

这个男人身上的一切我几乎都喜欢。（他偶尔穿长至膝盖的短裤，每天都得听舒伯特的歌曲《美丽的磨坊姑娘》，我想必可以让他改掉这些毛病吧。）我有种想和他睡觉的强烈愿望，这种愿望一直挥之不去。可他看来什么也不想知道。总有一天我必须敢于直接进攻。

刚好就在我听天由命地松开鲍威尔的时候，科尔雅装模作样地走到我跟前，告诉我："妈妈周末要回来了！"

我虽然必须始终考虑到这种可能性，但一直排斥这种想法。"你感到高兴吗？"我问男孩。

他一本正经地看着我。"不。"他说。

莱娜也过来插嘴道："因为妈妈有病。"

鲍威尔向我解释说，这是一次尝试。他妻子暂时在家里过周末，慢慢使自己重新适应正常生活。

"孩子们会跟她谈起我的。"在莱娜和科尔雅听不到我们的声音时，我说道。

"他们早就说过了。"鲍威尔说。

我感到内疚。这个女人肯定讨厌我。我在这里稍稍占用了她的位置。"她有什么反应？"我问。

"我的天，她病得很重，无法对我们友情可能导致的结果感兴趣。她感谢你和孩子们交往。"

这一点我不能完全相信，可是我感到轻松多了。毕竟鲍威尔没有欺骗过自己的妻子，尽管我是多么希望和他发生关系。或许他跟她说过一个婚姻幸福的孕妇和孩子们多少成了朋友。

"你觉得我周末应该到你们家来看看吗？"我问。

鲍威尔摇摇头。"我们反正不要对她提出过高要求。"这话听起来令人沮丧。"如果我们搬家，那还会出现更大的问题。"他说，"我现在必须告诉她，我们不能在这里待下去了。"他的脸上写着不幸。

一个孤独的周末，我去看望多丽特。她对我很生气，因为迪特尔还一直住在我的楼上。"你就好好设想一下吧，他发了脾气，然后把你从楼梯上摔下去。"

"不，多丽特，他的内心深处……"

多丽特看不懂我："我渐渐可以得出结论，你应该彻底地和男人说拜拜了，你在这方面没有什么运气可言。你就独自把孩子养大成人吧，你是活该如此。"

"和鲍威尔在一起我会很幸福。"

"鲍威尔已经结婚，你也是。"

多丽特在这方面的观念很守旧，也许是因为她将自己的婚姻当作标准了吧。

从多丽特家里出来，我还想再稍稍散会儿步。这是一个和煦的春日，我沿着内卡河畔走了一段路。我几乎把迄今为止的所有情人都带到这里来过，为的是让他们在月光下吻我。我也想以后自豪地推着婴儿车里的孩子散步。就连鸭子们也拖家带口地外出游玩，愤怒的天鹅们尽力伸展自己的脖子，因为它们必须把一个巢穴隐藏在灌木丛中。

有一家子迎面向我走来：鲍威尔和他的妻子以及两个孩子，他们从很远的地方就看到我了，渐渐向我跑来。我心里有点儿烦躁，因为我绝不希望鲍威尔将这种偶然碰见视为我的故意为之。

阿尔玛将她瘦削的手递给我，它摸上去仿佛一只死老鼠。

"孩子们在我面前多次提起过您。"她很有教养地说。

鲍威尔用一种异样的眼光看着我。他很担心。

要是描述一下阿尔玛的外表，那么我会想起这样的油画：青春艺术风格或者浪漫主义的。她很可能就是从童话里走出来的人物。这条滑爽的真丝连衣裙是那种怀旧的式样，使她这种贫血类型的人显得更美丽，粉红色的绸带装饰她的草帽（在这个季节，大家每次看到阳光，都会感到非常高兴），淡灰色鞋子的鞋跟很高（对潮湿的内卡河谷低地完全不合适）。所有的颜色都很柔和，声音听上去很轻，眼睛看起来有点儿疯癫。"只是缺乏昏厥罢了。"我愠怒地想。很清楚，这个浮肿的女人没有能力去把厕所打扫干净。

"跟我们一起来吧，赫拉，"莱娜说，"那就会更有趣了。我们想赛跑。"

我庄严地拒绝了。我的肚子一定会给我带来障碍。

阿尔玛在我的梦里作怪。仅仅短短的几分钟时间，她就给我留下了不可磨灭的印象。她看起来未必就像是一个身体上或者是精神上有病的人，确切地说，她仿佛是一个狡猾的孩子乔装打扮成了一个女人。若是我早十年遇见鲍威尔，那我们俩就不用忍受各种各样的不幸了，可是不停地唠叨这些又有什么用呢。

由于我的肚子日渐隆起，我开始不用上夜班了。可家里没有人能帮我，我得亲自把垃圾倒到外面去，清扫我住的房子的楼梯，擦洗窗户，还要自己出去购物。唯有院子一直保持干净整洁（可能是迪特尔干的）。我请了一个葡萄牙女人做钟点工，给我每周打扫一次卫生。我不清楚莱文是怎么度过他的日子的。他那辆保时捷至少每天晚上也不是经常停放在它的老地方。

鲍威尔找不到合适的房子。我因为估计迪特尔马上必须搬到监狱去住了，所以至少动过让他搬到我家里来的念头。我觉察到他最终同意这么做的时候——至少作为暂时解决办法，他心里其实不是很好受。他希望把绝大多数的家用器皿摆放在储藏室去。

尽管我是一个大肚皮，而且又有慢性疲倦症的折磨，我依然帮忙收拾清理。等到阿尔玛周末回来时，她就不会有容易激动的粗重活儿了。我开始羡慕这个女人拥有自己安静的小空间了。

搬家那天，多丽特把鲍威尔家的两个孩子接到自己家里，我休了一天假，告诉搬运工那些家具该搬到哪几个房间去。鲍威尔帮不了什么忙，只是在挡我的路。每个孩子都有一个阁楼间的房间，我把那间书房给了鲍威尔。

到了晚上我才发觉自己彻彻底底操劳过度了。我睡在沙发上，没有醒过来。

第二天，我不得不到药房上班，对吃上一顿没有孩子掺和的便饭，我想都没想过。

"阿尔玛从哪儿弄到她那些怀旧的衣服的？"一向注重实际的罗塞玛丽问。

"从问心有愧的有钱父母那里。"

"我们慢慢接近幸福的结局了，"罗塞玛丽说，"真的也是时候了。我的脑海里始终想到这句谚语：'舒适的家，幸福一家。'"

"我们曾经至少是一家：迪特尔进班房了，莱文去旅行了。正如我梦寐以求的那样，除了分开的卧室之外，一切都在。"

19

"我倒是知道有一个很漂亮的名字。"罗塞玛丽·海尔特说。

我禁止她谈论我肚子里的孩子问题。她渐渐预料到我用叙述的方式战胜了自己的恐惧。

"上次的 B 超检查不是一切都没问题吗？"她安慰我。

她依然不放弃突破我的禁令。由于凯撒博士的泄密，她当然早就知道了：由于胎盘出现异常，导致胎儿供给不足；我的第二个孩子生长太过缓慢，因为体外的营养可以得到更好的保证，因此大夫建议我提前引产。

"你心里想到哪个名字了？"

罗塞玛丽微微一笑："你觉得'维托德'怎么样？"

"可这肯定是个女儿。此外，这首先应该……"

"行，别谈这个了。继续我们的家庭田园生活。"

鲍威尔到医院里看望阿尔玛，她坚持要继续和孩子们一起过周末。

"我难以要求你答应这一点。"鲍威尔诉苦道。

虽然我确实并没有非常渴望给这个难以对付的阿尔玛留宿，可我还是尽量宽宏大量地说："为什么不呢，既然她那么想过来的话……"

其时，天气愈来愈暖和，院子里花香袭人。孩子们想到外面玩耍。鲍威尔或许也可以让阿尔玛尽可能和自己在绿地里多待上一段时间，这样我就可以稍稍安静一下，可以躺上休息一会儿。我需要恢复体力。可接下来一切完全变了样。

我和孩子们坐在院子里，给他们朗读安徒生的《丑小鸭》童话，鲍威尔去接阿尔玛了。可是五分钟之后，莱娜嚷道："有车子！爸爸回来了！"

我们走到窗口，看到莱文和一个陌生男子从保时捷车里出来。两个人皮肤都晒成了古铜色，穿着不实用的白色上装，就像年轻绅士们往自己的腋下喷洒名贵的"迪奥"香水。此外，他们戴着怪异的太阳镜，头上戴着奇特的帽子，这些装扮尤其和莱文不相称。他摆出一种皮条客的讪笑，这是我以前从没有在他脸上看到的。我叹了口气，把孩子们从窗口拉开，好让我的丈夫可不要想到有人正怀着渴望的心情等待着他。

鲍威尔和阿尔玛是后来才到家的。好在他们没有看到那两个环球旅行者的影子，但我们可以听到楼上有人来回走动，水管的水在流动，可能有人在洗澡，有人在打开行李。

鲍威尔一看到保时捷就明白了怎么回事。可他只是在阿尔玛的背后疑惑地指了指楼上。我证实性地点点头。

阿尔玛显然旅途劳累了。她立马躺在吊床上，任凭孩子们摇动吊床，帖木儿在她身上躺着。我满怀厌恶地看到这番美景。此外，我要把泻药茶带到阿尔玛的床前。鲍威尔请我和他的妻子用"你"称呼。

我们坐下来吃饭时，有人敲门，门同时打开了。莱文和那个新人在地上蹭几下脚就进来了。他们对着在座的各位打了声招呼，眼睛紧盯着热气腾腾的丸子和红烧牛肉不放。莱文问道："你或许能借给我们几片面包吗？"

和以往一样，我每次饭菜都会烧得足够多。当鲍威尔向我投来一个警告性的目光时，我正想装出自己一副好客的样子来。我站起来，从食物储藏室里拿来面包。

此刻，阿尔玛完全就像是一个可爱的东道主，说道："你们请坐，这里的空间足够了。鲍威尔，能否麻烦你再去拿两只盘子和餐具过来？"

我还没有重新坐下来，莱文已经拿来凳子，从柜子里拿来盘子，因为鲍威尔并没有准备站起来。

他们俩饿了，心情极好。原本无精打采的阿尔玛也开始有了朝气，孩子们不停地胡扯八侃，把我的白色桌布弄得脏兮兮的。

莱文常常好奇地或许甚至忧伤地在暖房里东张西望。他似乎没注意到我的肚子，没有一丝惊讶就接受了新房客，没去理会鲍威尔的沉默寡言。

我们刚吃完最后一口饭，鲍威尔一骨碌跳了起来，相当专制地要求我和阿尔玛赶紧上床休息，说是我们需要睡会儿午觉，他会在孩子们的帮助下将厨房收拾干净。客人们感觉自己可以告辞了。

我一言不发地出去了，对各种各样的争论——不管和谁或者谈论谁——我都没有任何兴致。

"真是赏心悦目呀。"我们后来到院子里喝咖啡的时候，鲍威尔说道。

阿尔玛看着我的肚子问道："这两位绅士中谁是父亲？"

我和鲍威尔交换了一下发笑的眼色。"那个高个子，他叫莱文。"鲍威尔替我回答。

好在阿尔玛对周围世界的兴趣仅限于此。她没想到我的丈夫住在一个单独的房间里。她用疲惫的眼神望着那些长势茂盛的草坪（赫尔曼·格拉贝尔原来那个草地荒芜了），似乎在享受咖啡、太阳和自由。她那白嫩的手无力地搭在鲍威尔的胳膊上，我不喜欢看到这一幕。更为糟糕的是，我那只捉摸不透的雄猫似乎也对她很感兴趣，它舒适地躺在她的怀里，可不是发出呼噜声，而是警惕地对着周围的人眯起眼睛。

突然，莱娜跌跌撞撞地奔过来，上气不接下气地啜泣道："看科尔雅！"

我和鲍威尔一跃而起，奔向莱娜小手所指的方向。那个喇嘛一动不动。

科尔雅从树上摔了下来。脑袋上有一处裂伤虽然出血了，但似乎并不危险。"我需要一块创可贴。"勇敢的男孩说。

鲍威尔把他带到屋里，我剪掉了他的一绺头发，用一块干净的擦碗布压住那个伤口。

鲍威尔认为这个裂开的伤口必须被缝合起来才行。我给男孩扎上了一块绷带，他带着儿子到医院去了。

莱娜哭哭啼啼地看到了整个医治过程，此刻我安慰性地拥抱她，然后回到我们阳光充足的院子广场上。令我糊涂的是，阿尔玛根本不关心科尔雅的受伤。可她并不是如期待的那样冷漠地坐在她的藤椅上，而是不见了踪影。我马上去寻找，可无论院子里，还是房子里，都找不到她这个人。

难道阿尔玛溜进鲍威尔的车里去了吗？

我坐在楼梯的台阶上沉思。莱娜渐渐平静了下来，我不想马上重新采取急匆匆的搜救行动使这个孩子心烦。可她出于自愿问道："妈妈是不是一起去了？"

"是的。"我说。

鲍威尔究竟会离开多久呢？我知道在休息日里，大量的病人聚集在外科门诊室外面的候诊室里——足球运动员、业余园丁以及自知有罪的父亲们，由于这些父亲的疏忽大意，他们的女儿在练体操时发生胳膊脱臼的事故。

阿尔玛不让我太平。我重新牵着莱娜的手一路小跑着穿过灌木丛，来来回回地走在马路上，到地下室，到所有的房间寻找。我说我们去找猫咪。最后，我不情愿地敲了敲莱文的房门寻求帮助。他一打开房门，我就听到了一个女人的声音，终于如释重负了。阿尔玛和两个绅士坐在电视机前。"我只想知道……"我开口道。

"你坐下吧，"莱文说，"我们正在看一场网球比赛。"

我摇摇头走了。到了楼下我开始自责。莱文和他的旅伴对阿尔玛的精神病史一无所知，但愿他们没有给她酒喝。莱文手里不是举着威士忌吗？阿尔玛服用了精神病药物。

一个半小时后鲍威尔回来了。科尔雅自愿穿上了睡衣，希望稍稍作为生病的主角受到赞美。他没有问起母亲的情况。

"阿尔玛在楼上看电视呢。"我对鲍威尔说。

他不是那么和气地看着我，然后上楼去了。

他把妻子重新叫下来时，她明显很兴奋。莱娜主动说起科尔雅从树上摔下来的事。奇怪的是，这个母亲竟然哈哈大笑起来，我和鲍威尔讶异地互相瞅瞅。

"什么时候吃饭？"阿尔玛问。她在医院里已经养成了习惯，早吃晚饭，然后提前上床。

鲍威尔进了厨房，我给桌子摆好餐具。

"错了，"阿尔玛说，"两只盘子太少了。"

"莱文和他朋友在楼上吃。"我果断地说，她的眼里流出了泪水。

鲍威尔就像抚摸一只小动物那样抚摸她，然后递给她三粒不同的药丸，她顺从地服下了药丸。她吃完饭，乖乖地上了床，我们继续和孩子们坐在一起，听他们给我们第五次描述科尔雅坠落的经过。

是上床的时候了，我们不得不再一次重新安排住处。我转移到书房。阿尔玛已经睡在我的双人床上，孩子们溜到了她的身边。他们不接受遥远的阁楼间房间，这个房间今天就归鲍威尔使用。

半夜里，我醒了。灯亮了，她站在我面前。这仿佛是一场悠长的梦。在美国南方的小说中，这样的人物通常被她的女黑奴带到床上：白色而冷漠，头发飘垂，她的头发被保姆梳得亮晶晶的。

"鲍威尔在哪儿？"她问，盯着床上看，仿佛他钻进了我的被子里似的。我第一次发现她的脸上布满了怀疑。

"他躺在科尔雅的床上，在阁楼间。"

她坐到我的卧榻上："那你丈夫睡在哪儿？"

我睡意蒙眬地指了指楼上。细节和阿尔玛毫不相关。

"同性恋吗？"她愉快地问。

我摇摇头，示威性地闭上眼睛。

她明白了，同意走了。"对了，那两个绅士很有意思。"是她最后说的一句蠢话。

我在入睡时想到，"德茜蕾"[1]作为她的名字倒挺合适。

我们大家都睡得很久。孩子们最早起床，到外面玩球去了。科尔雅得到了必须静养的有力指令。我疲惫地起床，吹着口哨

---

[1] 德茜蕾·克拉里(Desirée Clary，1777—1860)原为拿破仑的未婚妻，后为瑞典和挪威王后。

叫孩子们进屋，自己冲了把淋浴，考虑是否早餐吃个鸡蛋。

明天这个时候我就可以摆脱她了，我安慰自己。招待一名男子和两个孩子还能凑合，可是碰到一个疯女人，那怎么受得了？再说我觉得她娇生惯养、懒得要死。她似乎狡猾地利用了自己的疾病，可以既不用承担责任，也不用干些简单的家务，而是过着被宠坏了的孩子那种舒适惬意的生活。

鲍威尔也起床帮我。"我希望这个周末是她第一次也是最后一次到这里来，"他说，"我们得寻找另外一种解决办法。"

阿尔玛和孩子们一样喝可可奶。她突然开始折磨受伤的儿子去做计算题，他起先闷闷不乐地解了几道题，可后来还是拒绝了。

"别去管他，今天是周日。"鲍威尔说。

于是，她和帖木儿重新躺在吊床上，看我们收拾餐桌。后来她睡着了。我很想独自一人出去散步，可莱娜跟在我后面。

我们回来时，发现科尔雅和鲍威尔坐在电视机前，电视里在放一部动画片，莱娜因为有一半没有看到而感觉很伤心。阿尔玛去哪儿了？

"睡觉。"

我怀疑地查看了吊床和我的所有床铺。她显然又到楼上去了，我告诉鲍威尔。

他忧郁地扬起眉毛："你去把她叫下来，我很讨厌这种事……"

我也很讨厌，但我还是听从了他的吩咐。我既不用敲门，也不用按门铃，所有的门都敞开着。他们并没有注意到我，因为他们一边收听刺耳的收音机一边大声地闲扯。

"这个孩子不是我的。"我听到莱文在说。

那三个人全都哈哈大笑。阿尔玛尖声地发表自己的评论。

"完全正确，那是我的。"陌生人说，这似乎和当时谈论毒品天使的事一样好笑。

我没等到他们发现我就悄无声息地下楼去了。我走到自己的房间，关上门，为人性的卑劣而号哭。假如这个喇嘛在楼上喝啤酒，难道是我的问题吗？我再也不想主动到莱文那里露面了。

不知什么时候，鲍威尔使劲敲我的门。我过去开门。我撒谎说我刚才在楼梯上感觉有阵痛提前来临。鲍威尔担心我出什么事了，责备自己和他家人给我添麻烦了，这就去叫阿尔玛下来。

我们重新聚集在一起吃午饭时，她显示出稍稍受气的激动，那种习惯的昏昏沉沉好像比先前少了。

"我要不要今天就把你送回去？"鲍威尔问，声音温柔，怀疑地打量她，"对你来说这很累。"

"你们想摆脱我吗？说话要算数。"她说道，自信得让人吃惊。

她在我面前暴露出来一种神经过敏的恶劣情绪：这是对我在她的家人中的位置做出的反应，我觉得这种反应要比她迄今为止的漠不关心更正常。

阿尔玛并没有从厕所里回来，而是看样子又一次不顾禁令溜到了楼上，可鲍威尔依然做出了让步。"似乎她喜欢楼上那里吧，"他说，"老是跟在她屁股后面我感到很厌烦。我们恐怕也不能马上叫她……"

我一句话不说。问题是莱文没有预料到他在和谁打交道。他很可能不假思索地给她一支大麻烟或者一杯威士忌。可是难道我应该为阿尔玛的健康负责吗？

　　她住在和男性隔离的病区，除了男大夫和男性护理人员之外看不到其他男性。此外，我难以相信的是，她想要让鲍威尔嫉妒，或者要回报他可能对她的不忠。还不如说，她就像是一个五岁的小女孩，在还没有给她灌输任何羞耻感的情况下就和风趣幽默的男人交往。接待一个女士，这自然会给莱文和他的新朋友带来乐趣，尤其是因为当这样的行动会遭到鲍威尔指责的时候。阿尔玛会在那里说些什么呢？

　　"我怀疑她的大夫制订的计划是否可行，"鲍威尔说，"他们希望以慢慢适应的方式让阿尔玛重新回到日常生活中去。毕竟这个间隔时间持续了很久，或许永远无法重新出现一个强大的推力。可是当我如此打量她的时候，我感到担忧。"

　　他说得对。我也有这种感觉，人们不能仅仅心安理得地不去管她，或者完全仅仅将她当小孩子看待。她既没有做什么坏事，也没有说些不着边际的话。要是撇开她那种呆滞的目光的话，甚至从远处看她还会给人留下不错的印象。

　　"我的上帝，"鲍威尔说，"你要是看到我们结婚时她的模样该有多好！所有的人都羡慕我娶了一个好女人：聪明美丽，优雅自然。有时我真想把这些讨厌的药物统统扔掉，正是这些药物扼杀了她的一切，使她变成了一个药剂学的傀儡。"

　　下午的时光在太平中度过。阿尔玛和家人出去散步，我待在家里休息。那辆保时捷也出去了。偷闲了两个小时之后，我几乎开始焦躁地期盼客人们早日归来了。

虽然阿尔玛在徒步之后已经疲乏困顿，可她引人注目的地方是她的心神不定愈发加剧了。我知道下次有机会她该做些什么了。事实上，她马上悄悄地溜进客厅里，很快又带着失望的面色回来了。

偶尔我感觉到她在观察我。

说到这个或许不是特别扣人心弦的地方，罗塞玛丽呼呼入睡的打鼾声再一次以令人不快的方式扰乱我了，我只好伤心地闭上嘴巴。

20

  吃早饭时，罗塞玛丽显得挺后悔的。"我睡着了，这个问题不在于你，肯定是我注射了荷尔蒙针剂的缘故。"

  也许她真的说得对。当她将功补过地将她的草莓酱和方糖扔到我的被子上时，我有点儿感动了。

  "你知道吗？"我建议道，"我准备用你的名字给我的女儿取名，不是用你的第二名字——我觉得蒂哈这个名字太罕见，而是用罗塞玛丽的一半名字。"

  "哪一半？"她激动地问。

  "她将是一个小玛丽。"

  "那得碰杯庆祝一下！"我们彼此碰起厚厚的杯子。那是两杯用雀巢咖啡调制而成的麦芽咖啡，只听到"啪"的一声，咖啡溅溅到了她杏黄色的袖子上。

  "今天我们可要结束了，"她说，"我想还会有死人吧。"

  "等着瞧吧。"

吃晚饭时，我递给她一块莳萝酱汁熏鲑鱼。

"我临行前的最后一餐。"阿尔玛说，大概想起即将面临的精神病院里的那些汤了。

她又是第一个上床睡觉，接着是孩子们也陆续就寝。

半夜时分，一个可怕的噩梦把我弄醒。究竟是什么梦我虽然已经记不真切，但一开始并不可怕：阿尔玛和帖木儿（变成了真人大小）手拉着手站在我面前，说道："我们要结婚了！"帖木儿穿着对雄猫而言很合适的高帮靴，此外穿着迪士尼乐园里装扮成罗宾汉的那种化装服。阿尔玛扮演一位毫无血色的白雪公主。"你让帖木儿做我的丈夫，我就把鲍威尔给你。"她说，我对这么好的交换表现得欣喜若狂。

"为了也能够体现出公正，"她继续说道，"我还额外拿走了你的孩子。"

我陷入惶恐不安之中，在一个枯树林立的冰冷森林里绝望地寻找我的孩子。

"就像是在一个不幸的童话里！"我悲叹着，试图让自己醒来。我甚至起身，走到厨房里喝牛奶，寻找孩子——他们和阿尔玛安详地睡在双人床上——然后抬头朝黑魆魆的窗口望去。

那辆保时捷拐进了入口。"太晚了，我的先生们。"我想道。最后，我蹑手蹑脚地溜进暖房。鲍威尔躺在吊床上看书。我们彼此紧贴在一起。直至帖木儿打开门，站在我们面前，发出一丝声响。我抬起头来，看到阿尔玛穿着精致的衬衫一动不动地站在黑色的过道里。

鲍威尔立即松开我，突然跳了起来。"怎么了，你睡不着觉吗？"他笨拙地问道。

她用一种被伤害的表情注视着我们，然后重新消失了，我也马上不见了。我闭着眼睛仍然看到那个伤心透顶的幽灵站在我面前。

几小时之后——约莫三点，我又醒了。那只雄猫粗暴地跳到我的怀里，平时它可不是这种样子的。我轻轻地抚摸它。其实帖木儿不希望有客人来访，另外，我的神经过敏传染给了它。它没有安宁，总是不断地触碰我。我打开灯，看了看表。忽然，我闻到有什么味道，顿时不感到困倦了。

过道里的浓烟已经相当厉害了，我呛了一下，奔向我的卧室。阿尔玛不在那里。我使劲摇醒沉睡中的孩子。"穿衣服，快点儿。"我命令道，于是赶紧跑到鲍威尔那里，他在吊床上睡着了。

他马上清醒了，把孩子们裹在被子里，带他们到了车里，然后把车停放在五十米远的大街上。此时，我已经拨打火警急救电话要求派遣消防人员过来。

几分钟后，我不停地敲击莱文锁着的房门。我听到阁楼间里火势蔓延很快，大火马上就顺着木楼梯往下吞噬而去。鲍威尔喊着阿尔玛的名字。

过了太久，我才看到男人们穿着内裤开门。阿尔玛不在他们中间。我不用解释什么了。

令人惊讶的是,莱文显得很镇静。"浓烟会伤害你的,"他说,

"你必须马上到外面去。这里由我们来处理。"他首先把保时捷和迪特尔的奔驰车开出大门口，好让消防人员的车辆能够开进来。然后他把衣服和鞋子扔出窗外。

我的首饰、我的相册，甚至书籍以及一些勾起回忆的物品能够被救出来，我要归功于莱文的那位旅伴。就在救护车抵达之前，他以风驰电掣般的速度做出正确的选择，将所有的东西装进一只塑料盆和两只箱子里搬了出去。

消防队员询问是否还缺少什么人，随后携带着沉重的呼吸防护器进入房子。各个楼层的嵌板、镶木地板、连带着护墙板的天花板、壁橱、窗帘、地毯以及床铺统统在燃烧，楼梯变成了可怕的咽喉。左邻右舍们聚集在路口，和我一起亲历刺眼的屋子里那些闪闪发光的碎片如何像肥皂泡一样轻轻地隆起，继而重新坠入火海中。"太美了。"莱娜说。

消防人员正试图从硕大的旋转梯子上进入屋子，他们说，阿尔玛如果还在阁楼间，恐怕已经没救了。

鲍威尔愣在那里，不知如何是好。

莱文从那棵巨大的冷杉树下看到有一双发光的猫眼在闪烁。他想拥抱这只受惊吓的动物，却发现原来是阿尔玛。她中了烟毒，整个身体都被烧伤了，可还处在意识清醒的状态。鲍威尔完全默默地抱住她。消防队员通过对讲机要求增派一辆救护车。

"我想自杀。"阿尔玛说。

她被送往奥格斯海姆医院，我和莱娜到多丽特家去，鲍威尔和他的儿子到一个关系很好的同事家里去。莱文那个晚上去了哪儿，我至今都不知道。我的房子彻底烧没了，没有了挽救的余地。阁楼间里被浇上了汽油。

或许随着时间的流逝，我会把它忘却，或许这栋别墅里发生的变故，也将逐渐淡出我的记忆。

我后来从阿尔玛嘴里亲耳听说，她那天晚上从暖房里出来之后就到楼上去了，准备和男人们告别。他们一起喝了一瓶李子烧酒。莱文骗她说，我的孩子是鲍威尔的。

后来，我用我的财产和火险理赔的钱，在魏因海姆的尼伯龙根区买了一栋别墅，我和鲍威尔以及科尔雅、莱娜、尼克拉斯和帖木儿一起过着完全中产阶级的舒适生活。正如千千万万的母亲一样，我张大嘴巴喂自己孩子吃东西，剪去科尔雅的头发（和他父亲一样接近于蓬乱的毛发），每天早上舔干净莱娜小手上的果酱渍。那时我几乎没时间撰写我的博士论文。偶尔我会收到来自北德的邮件，莱文和迪特尔在那里从事二手车交易。所需的启动资金是我预借给他们的。

"小尼克拉斯的父亲究竟是谁？"罗塞玛丽问。

"我不知道，也根本不想知道。重要的只是，小玛丽的父亲是鲍威尔。"

"那么说结束了吗？"罗塞玛丽说，"结局好，一切都好吗？"

"随便怎么说吧。对我的父母而言，我是彻底堕落了，因为无论是我，还是鲍威尔，毕竟都结过婚，遗憾的只是并非我们俩结婚。"

罗塞玛丽没有吭声。她完全心猿意马了吗？一小时后，出租车会过来将她接回家。在此之前她还想在这里吃完饭，正如我认为的那样，这样她就可以省下家里的一顿饭了。

我们的午餐送来了，她好奇地揭开盖子细看：那是——已经有过三次——配上醋制白花菜酱的柯尼斯堡肉丸。我拨弄盘里的饭菜，如果能再多一点儿食盐、一片月桂叶以及几滴柠檬汁，那还能将就一下。

罗塞玛丽自己不会做菜，她通常很少丢弃粗劣无味的病人食物，可她不喜欢醋制白花菜芽。

她极其细心地剔除那些由酱汁和肉构成的黑色小肉末，然后用叉子将它们拨拢到盘子边上。

"你爷爷的遗产无疑也被烧没了吗？"她问。看来她比我希望的还要更专心致志。

"我别墅的墙基被保留了下来。尼克拉斯健康平安地出生之后，我在当时的地下室里进行过一次大搜捕，清除了各种毫无价值的东西，其中也包括某一只花盆。"

"太棒了，赫拉，那我可以为我的教子找到一个合法父亲……"

我没有提到过教父母的问题。她想干什么？

"你会和莱文离婚吗？"

"会的，他并不渴望得到第二个可疑的孩子。可这有什么用？鲍威尔对自己离开有病的阿尔玛有顾忌。"

"这确实和阿尔玛有关。你瞧，她就是喜欢我们的胡椒软香肠。"罗塞玛丽心不在焉地把醋制白花菜芽从有酱汁的盘子里挑出来，"我倒有个菜谱：从香肠衣中挤压出肉馅来，在香肠的尾端用掺进毒药的胡椒粉换下两颗多香果，然后将混合后的肉馅重新装入香肠……"

肉丸卡在我的喉咙里了。

她坚定不移然而充满热情地继续道："然后赶紧离开。因为有四个孩子，我们最好找一个度假屋……"

我厌恶地把肉丸吐到了旋转桌上。我突然明白，自己再也不想吃肉了。

图书在版编目（CIP）数据

女药剂师 / （德）英格丽特·诺尔 著；沈锡良 译. -- 北京：作家出版社，2016.8
（悬疑世界文库）
ISBN 978-7-5063-9047-7

Ⅰ. ①女… Ⅱ. ①英… ②沈… Ⅲ. ①长篇小说 - 德国 - 现代 Ⅳ. ①I516.45

中国版本图书馆CIP数据核字（2016）第165352号

女药剂师

作　　者：［德］英格丽特·诺尔
译　　者：沈锡良
责任编辑：汉　睿
特约编辑：赵　衡　沈贤亭
装帧设计：潘伊蒙
出版发行：作家出版社
社　　址：北京农展馆南里10号　　　　邮　　编：100125
电话传真：86-10-65930756（出版发行部）
　　　　　86-10-65004079（总编室）
　　　　　86-10-65015116（邮购部）
E-mail:zuojia@zuojia.net.cn
http://www.haozuojia.com（作家在线）
印　　刷：三河市紫恒印装有限公司
成品尺寸：142×210
字　　数：180千
印　　张：7.625
版　　次：2016年8月第1版
印　　次：2016年8月第1次印刷
ISBN 978-7-5063-9047-7
定　　价：32.00元

英格丽特·诺尔《女药剂师》
毒药般丝丝入骨的杀意。

悬疑世界文库

中国类型小说殿堂卷帙

[悬疑世界文库] 魅惑解锁

时间从此分叉

万象森罗 蛰伏如谜

爱与恨正在演绎无数可能

悬疑无界 故事无常

敬请期待

文库推荐

《罗生门·回忆》蔡骏/主编

　　《罗生门·回忆》悬疑教父蔡骏主编，领军国内一流作家团队共同打造"首部悬疑类型Mook书"。

　　主打栏目【罗生门】是国内首创多人视角同题合著小说，蔡骏与周浩晖、李西闽等多位作家"从不同角度看世界"。【国外鉴赏】特别献上日本"美食"推理作家村上龙的作品，为你揭示美食料理的阴暗罪恶面。全书覆盖了小说、散文随笔、访谈、摄影、微小说等多种文体和表现形式，给你带来不一样的悬疑享受。

国内首部悬疑类型MOOK书

《谋杀似水年华》（电影版）蔡骏/著

　　大雨滂沱的夏夜，南明高级中学对面的杂货店发生了一起离奇的谋杀案。

　　唯一的目击证人是死者十三岁的儿子。

　　十五年后，案件尚未告破，负责此案的刑警因公殉职。

　　在筹备葬礼的过程中，警察的女儿田小麦意外发现父亲遗留的工作手册，提及十五年前那桩谋杀案的凶器……

　　年华纷纷跌落，真凶逍遥法外，徒留无限怅惘和一丝最后的希望！

　　一个女孩与她的少年，如何跨越十五年的时间鸿沟，挖掘被埋葬的爱情。

　　追寻谋杀似水年华的真正凶手。

　　蔡骏第一部社会派悬疑小说经典重版，不容错过！

文库推荐

《老师，请先点名再动手》普璞/著

为了一个死也必须守护的秘密，芸儿杀死了度祥的妻子，当她拨通未婚夫小亮的号码开始不在场证明计划，电话那边传来的却是小亮在度祥的课堂上被毒身亡的消息。芸儿急需度祥给予的不在场证明，而度祥私底下，却有着另一份不可告人的交易……

两场谋杀意外地纠缠在一起，脱罪计划如何完成？一旦动手，何谈终止……

本格推理作家普璞精彩演绎"薛定谔杀人法"

《黑暗中的4虐者》王稼骏/著

房中日渐增多的蟑螂，竟是从父母的尸首里滋生出的；天花板上面可疑的痕迹，密密麻麻的苍蝇，竟源自于一具已然腐烂的尸体；独居女孩蹊跷死于房中，周身鲜血尽失，而她的胃中，竟都是她自己的血液；而在城市阴暗的下水道里，一双双绿色的眼睛正窥视着周遭的一切……

不可思议的犯罪手法，令人唏嘘的犯罪心理，让人感慨的逆转结局，带你一窥都市深处最隐秘阴暗的一面……

连续三届入围"岛田庄司推理小说大赏"
国内原创推理小说顶尖作家王稼骏短篇力作

文库推荐

《公鸡已死》 ［德］英格丽特·诺尔/著，沈锡良/译

　　五十二岁的保险公司女职员罗塞玛丽是一个善良、热心的普通中年女人。

　　但一桩桩令人匪夷所思的离奇命案背后，她又是一个为了得到梦中情人而不择手段的可怕女人……

　　这场畸形的爱恋最后会有怎样的结局？

　　德国"犯罪小说天后"英格丽特·诺尔用生活化的笔调和轻松幽默的语言。

　　为你揭晓最具悬念的答案。

　　女性犯罪的经典之作，悬疑教父蔡骏倾情推荐。

　　连续盘踞德国明镜畅销书排行榜35周之久！

《情人的骨灰》 ［德］英格丽特·诺尔/著，沈锡良/译

　　女人们往往通过精心安排的谋杀摆脱了男人，从而在束缚的生活中获得自由。

　　可是对于两个十六岁的女孩玛雅和柯拉来说，美好的生活还未开始就已经苍白地结束，因为拦在她们这条路上的障碍远不止一个。

　　当她们还在清除道路上的阻碍时，早已不知不觉堕入了罪恶和谋杀的陷阱……

　　德国"犯罪小说天后"英格丽特·诺尔用充满黑色幽默的笔调，为你揭示年轻女孩背后潜伏着的疯狂。

　　女性犯罪中的旷世奇书。

　　德国最具权威侦探小说奖项——格劳泽奖获奖作品。

文库推荐

《女药剂师》 ［德］英格丽特·诺尔/著，沈锡良/译

　　女药剂师赫拉结识了比自己年轻的莱文，并迅速与其坠入爱河。然而在与莱文日渐深入的来往中，她也逐渐得知了莱文的秘密：想要不露痕迹地杀死爷爷。

　　为了爱，赫拉用微不可见的毒药帮助莱文杀死了爷爷，令人意想不到的是，爷爷竟将遗产留给了赫拉，前提是她必须和莱文结婚。可婚后她身边不寻常的事层出不穷：似乎精神有问题的女佣玛格特和莱文有苟且，自己却对有暴力倾向的友人迪特尔产生了异样情愫，还有腹中生父不详的宝宝……每个人都在掩饰着什么，每个人似乎都想除掉另一个人……最后，赫拉终于决定，自己动手解决掉这所有的一切……

德国"犯罪小说天后"英格丽特·诺尔代表作
中国悬疑教父蔡骏倾情推荐

《猫梦街》 燕垒生/著

　　猫梦街的雨丝黏腻，勾起沉睡心底的名字——末末。我呼唤着你，却等不到任何的回应，只有那甜蜜夹杂着疼痛的记忆，在翻腾，还有可怕的噩梦。

　　白猫踮起脚尖越过屋顶，那是不是你？换了一个躯体的你？

　　魔鬼的傀儡戏已然开场，十个故事，十种人生，十段遭遇，同一种爱恨。当爱与欲狭路相逢，你不再是你，我，也不再是我……

东方故事×西方魔幻
燕垒生最赞恐怖短篇

文库推荐

《禁屋》 周浩晖 / 著

　　林娜一觉醒来，发现自己身处已经搬离的出租屋内，和她一起被关在里面的还有一名陌生中年男子。屋子密闭，绑架他们的神秘人只留下一部仅能接听不能拨打的电话和一张纸条。

　　没有食物、没有水源，无法和外界联络……唯一的出路就是跟随电话的指示。随着时间的流逝，林娜发现，这间密室背后，隐藏着怎样的秘密？林娜又一次，做出了让她悔之不及的决定……

当红网剧《暗黑者》原著作者
周浩晖首部心理悬恐辑

《献身者》 周浩晖 / 著

　　到地下赌场卧底的我，遇到了同样来卧底的彭辉。

　　彭辉设计抢了赌徒十五万现金，然而这十五万巨款不日便出现在慈善捐款名单中。

　　他布局出一个意想不到、却又滴水不漏的骗局。

　　他看似玩弄每个人在股掌上，却又刻意安排，步步惊心。

　　直到最后，我才发现，原来他这样做，竟是为了一个意想不到的缘由……

当红网剧《暗黑者》原著作者
周浩晖首部浪漫悬疑辑

文库推荐

《病毒》（新版）蔡骏／著

　　冬至前的一天，我连夜赶往好友林树家，却在他家楼下眼睁睁看着他坠楼身亡，之前他给我发过一封奇怪的邮件。平安夜晚上，同事陆白在公开他即将结婚的消息之后，不刻却跳江而亡。元旦那天，地铁站台上一个人忽然满眼惊恐，迎着飞奔而来的列车纵身一跳⋯⋯

　　这些人，仿佛染上了某种致命病毒，都曾活在疯狂自杀的边缘。当我发现他们都曾登录过同一个神秘网站时，恐惧直刺心底。我开始怀疑，下一个疯狂自杀的人会不会是我自己。然而，病毒已经启程，登录迷宫游戏的那一刻，每个人都已跌入恶魔的深渊⋯⋯

悬疑教父蔡骏成名作
登录迷宫游戏的一刻，你已跌入恶魔的深渊⋯⋯

《猫眼》（新版）蔡骏／著

　　童年和雨儿离开生活多年的异乡，搬进童家的上海老宅。这座建于一百多年前的房子，黑暗阴沉，空置多年，里边的每扇门上都装着猫眼。诡异的是，总有一只猫如幽灵般在老宅出没，每到晚上，走廊也总会有异常的声音响起，去查看时又空无一物。

　　之后，老房子周围凶案不断，死者都是年轻女子。童年和雨儿觉察，老宅里好像还住着一个人。神秘的猫眼项链和一段恐怖血腥往事渐渐浮出，凶案的焦点落在了童家老宅⋯⋯

蔡骏教父心理悬疑代表作
透过凶宅的猫眼，看见不存在的人⋯⋯

文库推荐

《诅咒》（新版）蔡骏 / 著

少壮派考古学者江河，从古楼兰考古归来后，性情大变，三周后猝死，留给未婚妻白璧的唯一线索，是一串神秘的钥匙。白璧试图从这串钥匙开始，追查江河死因，却遭遇与此有关的人连续身亡——不到一个月，考古研究所发生五起离奇死亡案。

事件愈发扑朔迷离之际，警官叶萧接手此案展开调查，线索逐渐归拢，焦点落于古城楼兰一个绵延千年之久的秘密，一个古老而永恒的诅咒……在一个早已酿下的错误笼罩之下，没有人能逃脱死亡的结局，而改变无数人命运的死亡迷局还将无尽延续。

悬疑教父蔡骏历史悬疑经典
连环离奇命案，源于楼兰千年诅咒